AF206387

Alexander Schäfer

Im Zeichen der Vergeltung

BoD - Books on Demand

Das Buch

Ein mysteriöser Mordfall führt die beiden Inspektoren Leslie Wood und Robert Baker diesmal in den Südwesten von England. Dank seiner genialen analytischen Fähigkeiten schafft Leslie Wood es erneut, in kurzer Zeit aus einem Sumpf von rätselhaften Aussagen und Indizien die wahren Hintergründe des Mordes an einem ehemaligen amerikanischen Offizier zu entschlüsseln.

Der Autor

Alexander Schäfer, geboren 1965 in Herborn, studierte Sozialpädagogik, Germanistik, Geschichte und Physik in Frankfurt am Main. Neben seiner Tätigkeit als Erzieher, Grundschullehrer und Musiker, fand er schließlich Gefallen an der Schriftstellerei. Seine Werke zeichnen sich durch eine ausgeprägte Beobachtungsgabe der Protagonisten, eine starke psychologische Komponente sowie detaillierte Beschreibungen der Handlungsumgebung und inneren seelischen Vorgänge der Erzählfiguren aus. Der Leser wird dadurch emotional sehr intensiv in die Erzählungen des Autors eingebunden.

Im Zeichen der Vergeltung

von

Alexander Schäfer

Erzählung

BoD-Books on Demand

Bibliografische Information der Deutschen Nationalbibliothek:

Die Deutsche Nationalbibliothek verzeichnet diese Publikation

in der Deutschen Nationalbibliografie; detaillierte bibliografische

Daten sind im Internet über http://dnbdnb.de abrufbar.

© 2018 Alexander Schäfer

Herstellung und Verlag

BoD – Books on Demand, Norderstedt

ISBN:9783746012780

Wo auch immer ihr stecken möget,

man wird euch finden und dann gnade euch Gott.

Kräftiger Schauerregen prasselt gegen die Fensterscheiben des Scotland Yard. Der starke Wind des launischen Aprilwetters treibt die grauen Regenwolken am Himmel schnell voran, zwischen denen ab und zu ein paar Sonnenstrahlen durchdringen.

Es ist früh am Morgen. Inspektor Wood schaut mit ernster Miene auf ein kurzes Telegrammschreiben, als es an der Tür klopft: „Kommen Sie herein, Baker!" Die Tür öffnet sich und Robert Baker betritt verblüfft das Büro des Inspektors. „Woher wussten Sie, dass ich es bin, Sir?" Ohne von dem Schreiben aufzublicken, antwortet Wood beiläufig: „Die Art und Weise wie angeklopft wurde verriet es mir. Jede Person klopft etwas anders an der Tür an, also habe ich mir den Rhythmus der einzelnen Kollegen genau eingeprägt. Übrigens, was halten sie hiervon?", fragt Wood und hält Baker das Telegramm hin, auf dem Folgendes zu lesen ist:

Sehr geehrte Damen und Herren,

aufgrund eines mysteriösen Mordfalls in Kingston Hall, der unsere Ermittlungsfähigkeiten bei weitem übersteigt, erbitten wir zur Lösung dieses ungewöhnlichen Kriminalfalls Ihre Hilfe.

Hochachtungsvoll

       Inspektor Paul Winterfield

Polizeipräsidium

Backfastleigh, Dartmoor – Devonshire

Während Baker die Zeilen liest, beobachtet Inspektor Wood seinen Kollegen sehr genau von der Seite. „Nun, was meinen Sie?" Um etwas Zeit zum Überlegen zu gewinnen, bläst Wood langsam die Backen auf. „Anscheinend tappen unsere Kollegen dort unten in Devonshire ziemlich im Dunkeln. Scotland Yard bittet man nicht einfach so um Hilfe."-„Das sehe ich genauso und deshalb habe ich vorhin schon alle nötigen Vorbereitungen getroffen.

Wir werden morgen früh in den ersten Zug um 7.00 Uhr ab Paddington in Richtung Dartmoor steigen. Ich habe übrigens schon ein Telegramm an Inspektor Winterfield gesendet und ihn gebeten, uns morgen Mittag um 12:00 Uhr am Bahnhof in Backfastleigh abzuholen. Mit einem Gesichtsausdruck, der offensichtlich ein hohes Maß an Vorfreude ausdrückt, lehnt sich Wood in seinem Stuhl nach hinten zurück. Haben Sie noch irgendwelche Fragen, Baker?"

„Nein, momentan nicht. Einen Mordfall außerhalb von London auf dem Land aufzuklären, scheint mir eine willkommene Abwechslung in unserem routinierten Arbeitsalltag zu sein. Sehen Sie das auch so, Wood?"-„Durchaus! Packen Sie genug Sachen ein, Baker. Es könnte eine längere Exkursion werden."-„Ah, Ihr Instinkt hat wieder einmal bei Ihnen angeschlagen, oder?" Leslie Wood schaut mit einem verschmitztem Lächeln in das Gesicht seines Kollegen: „Richtig erfasst, Herr Inspektor! Bis morgen früh dann."

*

In regelmäßigen Abständen steigen Dampfschwaden aus der Lok des bereitstehenden Zuges und ziehen über den Bahnsteig. Robert Baker schaut ungeduldig auf seine Uhr. Sie zeigt fünf Minuten vor acht an.

Gerade will er sie wieder in seiner Weste verstauen, da vernimmt er plötzlich die wohlvertraute Stimme seines Kollegen hinter sich: „Na, da ist ja jemand überaus pünktlich heute Morgen. Sie können es wohl kaum abwarten, dem Londoner Alltag zu entfliehen, oder? Geben Sie es schon zu, Baker!"-„ In gewisser Weise schon, aber lassen Sie uns doch erst einmal einsteigen. Es ist doch recht frisch hier draußen auf dem Bahnsteig."

Kaum haben die beiden Männer ihre gegenüberliegenden Fensterplätze in dem geräumigen Zugabteil eingenommen, fährt Wood fort: „Nun, ich habe gestern Nachmittag noch ein weiteres Telegramm als Antwort auf meine Zusage erhalten. Inspektor Winterfield wird uns heute Mittag am Bahnhof abholen und zu unserem Hotel geleiten. Dort will er uns dann in die Einzelheiten des Falls einweisen."

„Bezüglich der Organisation seitens der Kollegen vor Ort kann man sich nun wirklich nicht beschweren, wie ich sehe", ergänzt Baker die Worte seines Kollegen. „Das muss auch so sein. Planung ist nun einmal das halbe Leben, Baker." Ein kurzes Rucken ist plötzlich wahrzunehmen und schon setzt sich der Zug langsam in Bewegung. Nach wenigen Minuten sind die Vororte Londons erreicht, dann nimmt die Besiedlung allmählich merklich ab. Nur noch wenige Häuserfassaden huschen draußen am Fenster vorbei. Ab jetzt weicht die Zivilisation der Natur.

Wood zieht seine Tabaksdose aus seinem Mantel und beginnt mit seinem Ritual. Nachdem dies vollendet ist, lehnt er sich mit einem genussvollen Stöhnen in seinem Sitz nach hinten. Daraufhin schließt er die Augen und Baker weiß sich keinen anderen Rat, als ihm zu folgen.

„Guten Morgen, die Fahrkarten, bitte!", tönt es laut durch das Abteil. Mit einem Male sind die beiden Beamten hellwach. Wood benötigt nur einen Moment, schon liegen die beiden Fahrkarten in der Hand des etwas bäuerlich wirkenden Zugschaffners.

„Schauen Sie sich doch nur einmal diese wunderschöne Landschaft dort draußen an, Baker!", sagt Wood und schaut dabei aus dem Abteilfenster. Dort erkennt man herrlich geschwungene Hügellandschaften, die zum Teil mit Heidekraut überzogen sind, Moorwiesen sowie Sumpfschnepfen, welche im hohen Schilf auf Nahrungssuche gehen, ziehen wie in einem Film am Fenster vorbei.

Einem Maler würde diese Gegend eine Vielzahl an Motiven zur Verfügung stellen.

„Ich wünsche den Herren noch eine gute Fahrt." Einen Augenblick später sitzen die beiden Inspektoren wieder alleine im Abteil und Baker schaut nun gemeinsam mit Wood aus dem Fenster hinaus auf das Hochmoor.

„Ja, Sie haben Recht, Wood. Die Landschaft wirkt wirklich malerisch, aber trotzdem in gewisser Weise ebenso unheimlich. Man muss schon aus einem besonderen Holz geschnitzt sein und ein spezielles Gemüt aufweisen, um in solch einer Umgebung leben zu können", unterbricht der Inspektor nach wenigen Minuten auf einmal das Schweigen. „Das steht außer Frage", bestätigt Wood und schaut auf seine Uhr. „Oh, ich denke, wir müssten in Kürze Backfastleigh erreichen.

*

Pünktlich um 12:00 Uhr mittags hält der Zug aus London im Provinzbahnhof der verträumten Kleinstadt. Wood und Baker sind die Ersten der wenigen Fahrgäste, die ihren Fuß auf den leicht verwilderten Bahnsteig setzen. Ein kurzer Rundblick reicht aus und schon hat Wood eine kleine Person neben der Eingangstür zum Bahnhofsgebäude entdeckt, die offensichtlich auf jemanden wartet.

„Schauen Sie einmal dort hinüber, Baker. Ich glaube, das dürfte unser Empfang sein", dabei nickt er mit dem Kopf in Richtung eines kleinen, stämmigen Mannes mit schwarzem Vollbart und einer auffällig geraden Körperhaltung.

Inspektor Baker hebt seinen Arm, woraufhin sich der Mann mit schnellen, kleinen Schritten auf sie zubewegt. „Inspektor Wood und…", für einen Moment zögert der Mann und muss überlegen. „Baker!", hilft dieser dem offensichtlich etwas aufgeregten Polizeibeamten weiter. „Es freut mich, Sie hier in Backfastleigh empfangen zu dürfen, meine Herren. Dass man in Devonshire Scotland Yard um Hilfe bittet, mag Ihnen vielleicht außergewöhnlich erscheinen, aber ich kann Ihnen versichern, dass der zu untersuchende Kriminalfall keineswegs banaler Art ist. Er ist vielmehr… „

„So etwas haben wir uns schon gedacht, als wir Ihr Telegramm gestern Morgen gelesen haben", unterbricht Wood den Inspektor. „Ich werde Sie jetzt zu Ihrer Unterkunft für die nächsten Tage führen. Danach würde ich Sie gerne zu einem Lunch einladen und Ihnen danach in aller Gründlichkeit die Details zu unserem Fall erläutern. Wären Sie damit einverstanden?"-„Aber natürlich! Wie ich sehe, wird unser Gepäck gerade schon verladen. Dann steht uns ja eigentlich nichts mehr im Wege, oder?", antwortet der Inspektor und schaut kurz zu Baker hin, der ihm zustimmend zunickt.

*

Eine gute Stunde später sitzen die drei Männer im Speisesaal des Landhotels Old Devonshire. „Das Moorhuhn hat wirklich vorzüglich geschmeckt, ganz zu schweigen von den delikaten Wachteleiern", schwärmt Wood, während er sich akkurat den Mund abputzt. „Dann legen Sie mal los, Mr. Winterfield. Wir sind gespannt darauf, was Sie uns zu berichten haben."

Winterfield räuspert sich und schaut kurz aus dem Fenster auf die weite Moorlandschaft hinaus, über die der böige Aprilwind fegt. „Vor fünf Tagen kam eine gewisse Miss Kingston in unser Polizeibüro. Sie wurde am Morgen plötzlich von ihrem aufgeregten Hausdiener aus ihrem Schlafzimmer in das Esszimmer gerufen, wo ihr Gatte mit dem Kopf vornüber auf der Tischplatte tot beim Frühstück saß. Keine Spur von Gewaltanwendung war an ihm zu entdecken. Außergewöhnlich erschien uns allerdings das Zeichen auf seiner Stirn."

Der letzte Satz Winterfields lässt Leslie Wood plötzlich aufhorchen: „Um was für ein Zeichen handelt es sich dabei, wenn ich fragen darf?"-„Man hatte Kingston vermutlich mit einem Brenneisen ein Ypsilon auf die Stirn gebrannt. Weiß der Teufel, was das bedeuten soll", beantwortet Winterfield die Frage Woods und zeigt dabei Züge von Unverständnis auf seinem Gesicht.

„Das ist in der Tat sehr merkwürdig." Für einen Moment lang herrscht Schweigen am Tisch, dann fährt Wood weiter: „Gut, wir würden uns dann gerne einmal mit der Witwe des Ermordeten näher unterhalten."-„Das habe ich mir schon gedacht. Ich wollte sowieso heute Nachmittag mit Ihnen zusammen nach Kingston Hall hinausfahren. Dort werden Sie auch die Gelegenheit haben, das Hauspersonal der Kingstons kennenzulernen, damit meine ich das Ehepaar Garner. Sie sind jeweils als Butler und Hausmeister sowie als Köchin und Hauswirtschafterin in Kingston Hall angestellt."

„Dann sollten wir am besten gar nicht viel Zeit verlieren und dorthin aufbrechen, oder?"-„Wie Sie wünschen, Mr. Wood", antwortet Inspektor Winterfeld und blickt dabei aus dem Fenster nach draußen, wo vor dem Eingang des Hotels zwei freie Droschken stehen.

*

Steve Garner blickt mit ernstem Blick durch das Küchenfenster von Kingston Hall, als die Droschke mit den drei Polizeiinspektoren auf dem Kiesweg vor dem Anwesen vorfährt. Eine Minute später erklingt die Türglocke und Garner öffnet die Haustür. Inspektor Winterfield steigt als erster aus dem Gefährt. „Guten Tag, Sir! Womit kann ich dienen?-„Guten Tag, Mr. Garner! Wir hätten gerne Miss Kingston gesprochen."-„Gerne, Sir. Wenn Sie mir bitte folgen würden."

Als die drei Männer durch das Landhaus geführt werden, betrachtet Wood interessiert den großen, schlanken Butler, der auf ihn einen verschlossenen Eindruck macht. Er befindet sich in den mittleren Lebensjahren und sein Blick wirkt schüchtern und ausweichend, fast schon etwas unsicher. Garner führt die Gäste in das große Wohnzimmer des feudal wirkenden Hauses, wo die Hausherrin in einem großen Ledersessel sitzt und etwas verstört aufschaut, als die drei Beamten das Zimmer betreten.

„Die Herren möchten Sie gerne sprechen, Miss Kingston."-„Gut, Sie zu sehen, Inspektor Winterfield. Sind Sie in Ihren Ermittlungen schon vorangekommen?" Winterfield entgeht der fordernde Blick der noch unter Schock stehenden Frau nicht.

„Nein, leider noch nicht, Miss Kingston. Ehrlich gesagt habe ich diese beiden Herren aus London darum gebeten, uns bei der Lösung dieses mysteriösen Mordfalls beiseite zu stehen. Darf ich Ihnen die Inspektoren Wood und Baker vom Scotland Yard vorstellen?" Für einen kurzen Augenblick betrachtet die ältere Dame die beiden Beamten etwas misstrauisch, doch dann verwandelt sich ihr Gesichtsausdruck in ein gütiges Lächeln: „Guten Tag, meine Herren! Ich gehe davon aus, dass Mr. Winterfield Sie schon in die Einzelheiten des Falles eingeweiht hat. Ist das richtig?"-„In der Tat, Miss Kingston", antwortet Wood und betrachtet währenddessen das große Ölgemälde, welches hinter der Frau an der Wand hängt. „Ah, die Schlacht von Ghettysburg, wenn mich nicht alles täuscht. Sie war das bedeutendste Kriegsereignis des amerikanischen Bürgerkriegs."

„Mein Mann ist gebürtiger Amerikaner und diente als Offizier im Krieg. Vor zehn Jahren zog George mit seinem besten Freund, der ebenfalls Offizier im Dienste der Nordstaaten war, von Boston nach Südengland, wo seine Mutter lebte. Sie war zu dieser Zeit schon sehr krank. George war ihr einziges Kind und sein Vater lebte schon seit einigen Jahren nicht mehr. Nun, so kauften George und Jack zwei benachbarte Gutshöfe in dieser Gegend und sanierten diese gemeinsam. Mein Mann ist ein Lebemann und ging schon immer gerne aus. Ich lernte ihn bei einem Tanzfest kennen. Wir hatten uns gesucht und gefunden. Jack wiederum lernte seine Frau bei einem Krankenhausaufenthalt kennen, nachdem er während einer Reparatur vom Dach seines Landhauses gestürzt war. Er hatte sich ein Bein gebrochen. Nun, ich möchte Sie jetzt aber nicht mit diesen alten Geschichten langweilen, meine Herren. Setzten Sie sich doch bitte. Kann ich Ihnen vielleicht etwas anbieten?" –„Danke, Miss Kingston! Das ist sehr nett von Ihnen, aber wir haben gerade schon zu Mittag gegessen."

Nachdem die drei Inspektoren in ihren Sesseln Platz genommen haben, fährt Mary Kingston fort und wendet sich mit forderndem Blick an Leslie Wood: „Ich lege meine ganze Hoffnung in Ihre bevorstehende Ermittlungsarbeit, Inspektor. Wenn Sie den Täter zur Strecke bringen würden, wäre dies für mich eine Genugtuung. Lassen Sie Gerechtigkeit walten, meine Herren."

„Machen Sie sich deswegen keine Sorgen, Miss Kingston. Inspektor Wood ist für seine hervorragenden analytischen Fähigkeiten beim Scotland Yard bekannt. Wenn jemand diesen Mordfall lösen kann, dann ist er es", erklärt Winterfield und schaut dabei mit Hochachtung zu Wood hinüber.

Erleichterung zeigt sich im Gesicht der Witwe, als sie die Worte vernimmt. Nach einer kurzen Pause holt Wood tief Luft, als ob er sich überwinden müsste und beginnt zu sprechen: „Es tut mir Leid, Miss Kingston, doch ich müsste jetzt gleich noch den Leichnam Ihres Mannes nach eventuell noch nicht entdeckten Indizien untersuchen."

Ein kurzer Ruck geht durch den Körper der Frau. Wood vermag tiefe Trauer aus den Augen der Witwe abzulesen. „Natürlich, Mr. Wood. Mr. Garner wird sie in Georges Zimmer führen. Steve, wären Sie doch bitte so nett und führen die Herren nach oben."

Als sie das Zimmer mit dem Leichnam des Ermordeten betreten, steigt ihnen sofort ein süßlicher Geruch in die Nase. Wood tritt an den Toten heran und tastet ihn mit seinem Blick von oben bis unten systematisch ab. Garner steht nahezu teilnahmslos in der Ecke des Zimmers. Wood beobachtet ihn während seiner Arbeit immer wieder unauffällig von der Seite.

Baker beugt sich über den Kopf des Leichnam: „So einem Brandmal bin ich während meiner Tätigkeit beim Scotland Yard noch nie zuvor begegnet."-„Es handelt sich hierbei um ein Stigma. Es soll den Betroffenen für eine Tat, die er begangen hat, für immer kennzeichnen, so dass es jeder sehen kann, der der Person später einmal begegnet. Man könnte es auch als eine Art von Kainsmal bezeichnen", erklärt Wood und zieht seine Lupe aus seiner Manteltasche, um das Mal auf der Stirn des Toten genauer zu betrachten. „Sie hatten Recht mit der Annahme, dass der Täter das Stigma dem Opfer mit einem Brenneisen eingebrannt hat, Mr. Winterfield. Das Brandmal ist nicht mit einem spitzen, heißen Gegenstand über die Stirn gezogen worden, sondern wurde an einem Stück eingebrannt. Die Ränder des Mals sind nicht ungleichmäßig oder gar unterbrochen, ein eindeutiges Indiz."

Baker zieht die Stirn in Falten und betrachtet konzentriert den Leichnam: „Sehen Sie irgendeine Spur, die auf Gewaltanwendung hinweisen würde, Wood?"-„Der Tote weist keinerlei Anzeichen einer Verletzung, von Einstichen oder Einschusslöchern auf, ebenso sind keine Blutspuren entdeckt worden", unterbricht Winterfield die beiden Inspektoren. „Das sehe ich auch so", sagt Wood und tastet den Körper von George Kingston dabei ab. „Was sagt uns das, meine Herren?"-„Wie meinen Sie das?", fragt Baker überrascht zurück und schaut verständnislos in die Runde.

Leslie Wood richtet seinen Oberkörper auf und holt tief Luft: „Es sagt uns, dass das Opfer mit größter Wahrscheinlichkeit vergiftet wurde." Wood kann plötzliches Erstaunen in den Gesichtern von Baker und Winterfield erkennen. „Vergiftet?", entfährt es Baker. „Ja, Sie haben richtig gehört, vergiftet. Eine besonders hinterhältige Form des Tötens. Man hinterlässt so gut wie keine Spuren und muss keine körperliche Gewalt anwenden, um sein Opfer zu ermorden. Diese Art zu töten wird daher schon seit der Antike von Frauen bevorzugt. Nun, ich wäre mit meinen Untersuchungen am Leichnam des Opfers jetzt am Ende angelangt. Haben Sie noch irgendwelche Fragen, Mr. Winterfield?" Immer noch durch die Analyse der Art und Weise wie George Kingston getötet wurde überrascht, schüttelt der Inspektor den Kopf. „Ansonsten würde ich zum Abschluss gerne noch einmal mit Miss Kingston sprechen."

Mary Kingston erhebt sich eilig von ihrem Sessel und schaut mit großer Erwartung in Richtung des Inspektors, als die drei Polizisten in das Zimmer eintreten. Dieser zögert nicht lange und tritt auf die Witwe zu: „Miss Kingston!"-„Ich höre, Mr. Wood!"-„Ihr Mann wurde meinen Untersuchungen zufolge höchstwahrscheinlich vergiftet." Für einen Moment scheint der Körper der Frau zu erstarren, doch dann fasst sie sich allmählich wieder. „Nun, dass der Leichnam meines Mannes keine Anzeichen eines gewaltsamen Todes aufweist, hat mir Inspektor Winterfield schon mitgeteilt. Der zuständige Arzt hatte dies zuvor eindeutig diagnostiziert, aber dass George vergiftet wurde – unglaublich!" Nachdenklich schaut Mary Kingston auf den Boden.

Mitgefühl macht sich für einen Augenblick bei dem sonst eher sachlich und nüchtern veranlagten Inspektor breit: „Wir werden in den nächsten Tagen noch einige wichtige Verhöre und Untersuchungen durchführen. Ich bin mir sicher, dass damit mehr Licht in diesen zugegeben sehr merkwürdigen Mordfall gelangen wird, Miss Kingston. Wir werden Sie, sobald wir neue Erkenntnisse haben, unverzüglich darüber informieren." Wood geht auf die Witwe zu und schaut sie ernst an. Für einen Moment glaubt er, tiefe Verzweiflung in ihren Augen erkennen zu können. „Ich wünsche Ihnen sehr viel Erfolg bei Ihren weiteren Untersuchungen, Mr. Wood."-„Auf Widersehen, Miss Kingston!"

Fünf Minuten später sitzen die drei Kriminalbeamten schweigend in der Droschke und sind auf dem Rückweg nach Backfastleigh. „Ich würde morgen gerne mit dem zuständigen Arzt sprechen, der den Leichnam von George Kingston am Tatort untersucht hat, Mr. Winterfield. Könnten Sie das einrichten, Mr. Winterfield?", fragt Wood und schaut dabei aus dem Fenster auf das Hochmoor hinaus. „Sicher, Mr. Wood! Ich werde für morgen Vormittag einen Termin für uns ausmachen. Dr. Redgrave ist ein äußerst höflicher und offener Gentleman. Ah, ich sehe dort hinten schon die Kirchturmspitze der Stadtkirche. Wir sind gleich da, meine Herren."

*

Es ist früh am Abend, als Leslie Wood und Robert Baker nach einem vorzüglichen Abendessen im Rauchsalon ihres Hotels Platz nehmen, um den Tag Revue passieren zu lassen.

„Ich muss zugeben, dass dieser Mordfall uns in der Tat einige Rätsel aufzugeben scheint."-„Da kann ich Ihnen nur zustimmen, Wood. Ich habe auf dem Rückweg hierher noch einmal über Ihre Vermutungen bezüglich des Tathergangs gründlich nachgedacht. Gesetzt den Fall, dass das Opfer tatsächlich vergiftet wurde, kämen eigentlich in erster Linie Miss Kingston oder das Ehepaar Garner als Täter in Frage. Allerdings scheint mir Mary Kingston doch sehr an ihrem Gatten zu hängen. Ich möchte damit sagen, dass sie offensichtlich stark unter dem Verlust ihres Ehemannes zu leiden hat und unter Schock steht. Sehen Sie das auch so?"

Wood holt seinen Schnupftabak aus seinem Mantel hervor und streut sich in aller Ruhe einige Krümel der dunklen Masse auf den Handrücken. Dann schnieft er diesen genüsslich ein, während sein Kollege dies mit einer gewissen Ungeduld verfolgt. „Ja, ich glaube ehrlich gesagt auch nicht daran, dass Miss Kingston ihren Ehemann in das Jenseits befördert haben soll, aber wo Menschen ihre Hände im Spiel haben, ist bekanntlich alles möglich, nicht wahr? Nun, zum Lösen eines solch schwierigen Falls muss man viele Verhöre mit Personen aus dem Umfeld des Opfers tätigen. Jedes Gespräch kann dabei versteckte Details enthalten, welche als ein Teil eines großen Puzzles zu betrachten sind. Zwei Teile, die meiner Meinung nach zusammenpassen, habe ich schon gefunden."

Baker schaut interessiert zu Wood hinüber: „Um welche Teile handelt es sich dabei, wenn ich fragen darf?"-„Das Opfer und seine beiden Hausangestellten haben anscheinend bezüglich ihres Heimatlandes die gleiche Herkunft. Das sagt natürlich noch nicht viel aus, und doch bietet es mir einen Anhaltspunkt, in welche Richtung ich meine Untersuchungen demnächst zu lenken habe. Eine Eingebung sagt mir, dass es einen möglichen Zusammenhang zwischen eben dieser Herkunft und der Mordtat geben könnte.

Baker nimmt eine Zigarre aus einer kleinen Holzkiste, die auf einem niedrigen Tisch neben seinem Sessel steht und greift zu seinen Schwefelhölzern. „Interessant, ich könnte jedenfalls kein Mordmotiv davon ableiten."-„Sie haben anscheinend nicht richtig verstanden, Baker. Es sind ja erst zwei Teile vorhanden, doch bin ich davon überzeugt, dass in Kürze noch mehr dieser Teile zum Vorschein kommen werden."

„Sie werden Miss Kingston und Inspektor Winterfield bestimmt nicht enttäuschen." Wood dreht seinen Kopf fragend zu Baker hin: „Woher wissen Sie das denn eigentlich so genau?"-„Reine Intuition, Sir!"-„Ach, was Sie nicht sagen!", hallt auf einmal die Stimme des Inspektors laut durch den Raum. „Trotzdem – wir sollten uns nicht zu viel Zeit dabei lassen. Der Fall erscheint mir doch allzu sehr verworren und komplex, da ist die Gefahr von weiteren Opfern durchaus gegeben."-„Sie schaffen das schon, Sir. Davon bin ich absolut überzeugt." Mit diesen Worten beendet Baker das Gespräch und zündet sich seine Zigarre an.

*

Inspektor Winterfield räuspert sich kurz und rückt seinen Zylinder zurecht, bevor er den messingfarbenen Türklopfer, der einen Löwenkopf darstellen soll, drei Mal schnell hintereinander gegen den Metallbeschlag der schweren Eichentür schlägt. Einen Augenblick später öffnet sich die Tür und eine junge Frau mit aufgewecktem Blick kommt zum Vorschein. „Guten Tag, Misses Porter! Wir würden gerne mit Dr. Redgrave sprechen. Er weiß schon über unseren heutigen Besuch Bescheid."-„Kleinen Moment, Inspektor Winterfield. Ich schaue gerade einmal nach dem Herrn Doktor. Kommen Sie doch bitte herein."

Wenige Minuten später sitzen die drei Männer einem älteren und gutmütig wirkenden Herrn gegenüber, der sich sofort den beiden Inspektoren vom Scotland Yard zuwendet. „Ich gehe davon aus, dass Ihnen aufgefallen ist, dass der Leichnam von Mr. Kingston, einmal von dem mysteriösen Brandmal auf der Stirn abgesehen, keine Spur einer Gewaltanwendung aufweist. Da der Mann seit vielen Jahren mein Patient gewesen war, kann ich doch mit höchster Wahrscheinlichkeit ausschließen, dass Mr. Kingston eines natürlichen Todes gestorben ist. Er hatte keine gesundheitlichen Probleme, somit kann man ebenfalls ausschließen, dass der Mann als Folge der Brandmarkung auf seiner Stirn einem Herzinfarkt erlegen ist."-„Mr. Wood hat diesbezüglich schon eine Vermutung geäußert", meldet Winterfield sich zu Wort. „Und wie lautet diese?", fragt der Doktor aufhorchend und blickt dabei erwartungsvoll auf Wood.

„Meiner Meinung nach wurde George Kingston vergiftet", antwortet Wood und schaut dabei mit ernstem Blick zu Doktor Redgrave hinüber. Der Arzt erwidert seinen Blick. Er schaut ebenso ernst zurück, aber schließlich wandelt sich sein Gesichtsausdruck zu einem zustimmenden Kopfnicken. „Ich könnte mir das sehr gut vorstellen, Mr. Wood. Als ich den Leichnam untersuchte, waren die Hände des Opfers in seiner Serviette verkrallt und die Augen sowie Mund waren weit aufgerissen. Kingston muss einen qualvollen Tod erlitten haben. Er hat auf alle Fälle einen grausamen Todeskampf durchfochten. Ich gehe davon aus, dass dies vom Täter beabsichtigt war." In seiner Vermutung bestätigt, wendet Inspektor Wood seinen Kopf zu Winterfield. „Genau das wollte ich hören. Das Brandmal wurde übrigens mit einem Eisen oder ähnlichem Gegenstand auf die Stirn des Opfers eingebrannt", fährt Wood fort. „Genauer gesagt mit einem Brenneisen, das man zur Kennzeichnung von Rindern benutzt. Auf amerikanischen Rinderfarmen setzt man diese ein, um die eigenen Rinder von den Tieren anderer Rinderzüchter unterscheiden zu können. Außerdem kann man dadurch leichter einen Rinderdiebstahl nachweisen."

„Das ist ja interessant. Wie kommt man eigentlich in den Besitz eines solchen Gegenstandes?", fragt Redgrave interessiert und lehnt sich dabei in seinem massiven Lederstuhl zurück. „Entweder war der Täter selbst Amerikaner und hatte in der Vergangenheit mit Viehzucht zu tun oder er hat es auf eine andere Art und Weise erworben", antwortet Wood nachdenklich. „Gestatten Sie uns noch eine Frage, Dr. Redgrave?"-„Ja, ich höre, Mr. Wood."-„Sie haben den Informationen von Inspektor Winterfield zufolge über die Funktion als Hausarzt hinaus einen engen Kontakt zu dem Ehepaar Kingston gepflegt. Könnten Sie sich vorstellen, dass Miss Kingston oder irgendjemand anderes aus dem privaten Umfeld des Opfers einen Grund besaß, diesem nach dem Leben zu trachten?"

„Völlig abwegig, meine Herren. Miss Kingston hat ihren Gatten abgöttisch geliebt. George tat alles für seine Frau. Er konnte ihr geradezu jeden Wunsch von den Lippen ablesen. Es gab in dieser Ehe nicht die Spur von Misstrauen. Das können Sie mir wirklich glauben. Ich kenne dieses Ehepaar jetzt seit über zwanzig Jahren und ich kann mich nicht erinnern, dass es jemals einen heftigen Streit oder Spannungen zwischen den beiden gegeben hat, zumindest nicht in meiner Gegenwart."

Dr. Redgrave schaut aus dem Fenster und überlegt kurz: „Außer vielleicht - ." Ein leichter Ruck geht durch den Körper von Wood. „Außer was?"-„George vermied es tunlichst über seine militärische Vergangenheit zu reden. Mary konnte das nie so richtig verstehen. Sie sprach mich in Abwesenheit ihres Mannes auch einmal darauf an, doch schon bald danach war dieses Thema bei den beiden vom Tisch."

Ein dezentes Lächeln zieht über das Gesicht von Leslie Wood, dann springt er plötzlich auf: „Ich habe jetzt vorerst keine weiteren Fragen mehr an Sie. Ich bedanke mich für Ihre Aufmerksamkeit, Dr. Redgrave."

Der Arzt erhebt sich von seinem Stuhl und hält dem Inspektor seine auffällig feingliedrige Hand hin: „Finden Sie das Schwein und machen Sie ihm den Prozess! Das sind wir der Witwe schuldig." Wood spürt die Wut, die sich in den Worten des Mannes ausdrückt. „Ich werde mein Bestes geben, Mr. Redgrave", dabei legt er seine linke Hand auf Redgraves Unterarm.

*

Eine viertel Stunde später gehen die drei Polizeibeamten durch die Straßen von Backfastleigh. Als sie den Eingang des Polizeireviers fast erreicht haben, kommt Wood ein Gedankenblitz: „Was halten Sie von einem kleinen Spaziergang durch das hiesige Hochmoor? Da wir heute Nachmittag sowieso noch einen Besuch in Kingston Hall abhalten müssen, um das Ehepaar Garner zu verhören, könnten wir unseren Weg eigentlich jetzt gleich in diese Richtung einschlagen.

Was meinen Sie, Mr. Winterfield? Wie weit wird es wohl von hier aus zu dem Gutshaus sein?" Der Inspektor zieht eine Grimasse, als ob er gerade einen üblen Geruch vernommen hätte: „Nicht sehr weit, vielleicht drei Meilen."-„Gut, dann sollten wir am besten gleich starten."

Nachdem die Spaziergänger eine knappe Meile in das Moor vorgedrungen sind und Winterfield als einziger Ortskundige mit flottem Schritt vorausgeht, wobei er sich der Gefahr, die neben dem Moorpfad lauert, sehr wohl bewusst ist, bleibt Wood auf einmal stehen und fordert die anderen auf, das herrliche Panorama zu bewundern.

Ein kühler Wind zieht über die sanft geschwungenen Hügel dieser herrlichen Landschaft. Den Betrachter ergreift während seines Rundblicks eine faszinierende Mischung aus Melancholie und Naturverbundenheit, die ihm sagen möchte, dass er schon seit ewigen Zeiten an diesen Ort gebunden sei und ebenso daran erinnern soll, dass die Natur der Ursprung der Menschheit ist, als ob hier die Wahrheit des menschlichen Seins verborgen läge.

Ein Fasanenweibchen schreckt plötzlich aus dem hohen Gras auf. Wood hat seinen Mantelkragen hochgestellt. „Was sind das eigentlich für merkwürdige Brückengebilde, die hier über die kleinen Flüsse und Bäche führen?", fragt Baker auf einmal in die Runde. „Sie wirken geradezu bizarr."-„Man nennt sie Clapper-Bridges. Sie bestehen aus Granitsteinplatten und gehören seit ewigen Zeiten zum Landschaftsbild des Moors. Die größte dieser Brücken steht übrigens dort drüben in Postbridge", antwortet Winterfield und deutet dabei in die Richtung des Ortes.

„Und was stellen diese seltsamen Zusammenstellungen aus Felsen und Steinplatten dort hinten dar?"-„Steingräber! Das sind alte keltische Grabstätten, Mr. Baker. Auch Steinkreise kann man hier im Moor des Öfteren vorfinden."-„Verdammt windig hier draußen! Wie weit ist es denn noch bis Kingston Hall, Mr. Winterfield?"-„Es ist nicht mehr allzu weit, doch zuvor müssten wir gleich…"

21

Die Worte des Inspektors werden abrupt durch einen lauten Knall unterbrochen. „Was war das?", fragt Baker erschrocken. „Sehen Sie die zwei Hunde dort hinten in der Senke?"-„Ja, ich sehe sie. Anscheinend ist hier jemand gerade bei der Jagd, Wood."

„Das scheinen die zwei Beagles von Mr. Forster zu sein. Wahrscheinlich ist er gerade wieder einmal auf Entenjagd", erklärt Winterfield. „Er ist ein hervorragender Schütze und weiß sehr gut mit dem Gewehr umzugehen, in diesem Fall eine Schrotflinte. Jack Forster hat im amerikanischen Bürgerkrieg als Soldat gedient. Er war ein angesehener Offizier und kämpfte auf Seiten der Nordstaaten." Wood dreht sich überrascht zu Inspektor Winterfield herum: „Woher wissen Sie denn das alles so genau, wenn ich fragen darf?"-„Nun, das weiß eigentlich jeder, der hier in der Gegend ansässig ist. George Kingston diente übrigens zur gleichen Zeit mit Foster zusammen in der Armee. Sie waren beste Freunde."

Robert Baker gibt ein leichtes Hüsteln von sich. „Na, Sie werden sich doch wohl keinen Schnupfen eingefangen haben, Baker? Hier draußen auf dem Hochmoor weht wahrlich ein anderer Wind als in London."-„Nein, bei mir ist alles in Ordnung, aber sehen Sie doch einmal dort hinunter, Wood. Die beiden Jagdhunde scheinen die tote Wildente aufgespürt zu haben." Der Inspektor schaut in die von seinem Kollegen angegebene Richtung: „Und da kommt auch schon der Schütze aus den Büschen hervor. Gehe ich richtig der Annahme, dass es sich dabei um Jack Foster handelt?" Winterfield kneift die Augen zusammen, um gegen die Sonne schauen zu können. „In der Tat, Mr. Wood. Er ist es und winkt uns gerade herbei."

Die drei Männer steigen den Hügel hinab in die Senke und arbeiten sich durch das hohe Gras dem Mann entgegen. Kurz darauf stehen sie einem großgewachsenen Jäger gegenüber. Leslie Wood fällt sehr schnell der finstere Blick des Mannes auf.

Unter den buschigen schwarzen Augenbrauen schauen schmale, listige Augen hervor, die ihrem Gegenüber sehr genau zu beobachten scheinen. Dass Forester eine Person darstellt, die vor Eitelkeit und Selbstbewusstsein geradezu strotzt, ist unübersehbar.

„Guten Tag, die Herren! Wohin des Weges? Entschuldigen Sie bitte, aber ich bin von Natur aus immer etwas neugierig", begrüßt Foster die Spaziergänger. „Schön dich zu sehen, Jack! Diese beiden Herren neben mir sind die Inspektoren Mr. Wood und Mr. Baker vom Scotland Yard", antwortet Winterfield mit freudigem Unterton. Kaum hat er seinen Satz beendet, da scheint es, als ob für einen winzigen Augenblick die aufgesetzt wirkende Freundlichkeit aus dem Gesicht des ehemaligen Offiziers verschwindet und einem bedrohlichen Blick weicht. „Ich habe die Herren um Hilfe gebeten, mir bei der Lösung des mysteriösen Mordfalls in Kingston Hall beiseite zu stehen."-„George Kingston war ein enger Freund von Ihnen, Mr. Foster?" Während Wood seine Frage stellt, glaubt er eine Mischung aus Trauer, aber auch Angst aus dem Gesicht des Mannes lesen zu können. Dieser atmet tief ein, bevor er zur Antwort ansetzt: „Ja, das ist richtig. Georg war ein Freund, den man nur einmal im Leben trifft. Wir lernten uns bei der Militärausbildung in Massachusetts kennen und arbeiteten uns beide bis zum Offiziersrang hinauf. George war das, was man einen echten Patrioten nennt. Sein Verlust ist für mich und Mary unbeschreiblich groß."

Foster schaut in die Richtung seiner Jagdbeute, dann ruft er seine beiden Hunde herbei. „Wir sind gerade auf dem Weg nach Kingston Hall, um das Ehepaar Garner zu verhören und nach eventuell weiteren Indizien zu forschen. Wir werden uns demnächst bestimmt bald wiedersehen, Mr. Foster." Wood schaut bei diesen Worten eindringlich in das Gesicht des eitlen Mannes. Dieser erwidert die Geste durch einen überaus kräftigen Händedruck und blickt dabei mit seinen leuchtend blauen Augen in die Runde: „Auf Wiedersehen, die Herren! Es hat mich sehr gefreut. Ich wünsche Ihnen noch einen angenehmen Tag."-„Den wünschen wir Ihnen ebenfalls, Mr. Foster!"

*

„Es sind jetzt noch ungefähr 500 Yards bis Kingston Hall. Was halten Sie von dem Mann, Mr. Wood?"-„Wollen Sie eine ehrliche Antwort?" Winterfield schaut nachdenklich in das Gesicht des

Inspektors: „Ja, natürlich. Wie kommen Sie auf die Frage?"-„Nun, ich glaube beobachtet zu haben, dass der Mann Ihnen sympathisch zu sein scheint und deshalb…"-„Gut, da stehe ich nicht alleine da. Mr. Foster hat einen ausgezeichneten Ruf in dieser Gegend. Er gehört zu einem überschaubaren Kreis honoriger Personen in Dartmoor. Das können Sie mir wirklich glauben."

Lelie Wood schaut sichtlich amüsiert unter sich: „Das nehme ich Ihnen auch gerne ab, doch dieser Mann ist meiner Meinung nach die Personifizierung der Eitelkeit, selbstherrlich und um keine Frage und Antwort verlegen. Trotzdem besitzt er eine düstere Aura, die er geschickt zu überspielen versucht. Ich habe den Verdacht, dass er etwas zu verbergen hat. Man mag ihm nicht so recht über den Weg trauen."

„Dann sollten wir uns auf alle Fälle noch einmal etwas genauer mit ihm unterhalten, oder?"-„Das wird zu gegebener Zeit erfolgen, Mr. Winterfield. Täusche ich mich oder sind das die Dächer von Kingston Hall dort vorne?"-„Sie haben richtig gesehen. Wir sind so gut wie da."

*

Leslie Wood klopft gegen die Haustür des Gutshauses, dann lässt er seinen Blick kurz über das Anwesen schweifen. Es dauert nicht lange, bis sich die Tür öffnet und die Gestalt von Steve Garner vor ihnen erscheint.

„Guten Tag, Sir! Miss Kingston erwartet Sie bereits. Würden Sie mir bitte folgen."-„Gerne, Mr. Garner", antwortet Wood und folgt dem Hausdiener in das Innere des Gebäudes. Als die Männer das Esszimmer betreten, sitzt die Hausherrin am Tisch. Sie scheint gerade ihr Mittagessen beendet zu haben. Mary Kingston erhebt sich zügig von ihrem Stuhl und geht den drei Männern entgegen.

„Ich freue mich, Sie zu sehen, Mr. Wood. Bitte, setzen Sie sich doch! Darf ich Ihnen und den beiden anderen Herren etwas anbieten?" Leslie Wood schaut fragend zu Winterfield hinüber, der

24

ihm zustimmend zunickt. „Nun, warum eigentlich nicht, Miss Kingston. Gegen eine Tasse Tee hätte ich nichts einzuwenden."- „Gerne, kann ich den beiden anderen Herren auch einen Gefallen tun? Sie können übrigens auch gerne etwas essen. Wir hätten noch Fasanenbraten übrig. Er schmeckt wirklich vorzüglich. Sie haben einen langen Spaziergang hinter sich, das macht doch bestimmt hungrig, oder?"

Inspektor Winterfield setzt sich an den langen Esstisch und antwortet freundlich in Richtung der Hausherrin: „Danke, Miss Kingston, aber wir wollen es uns erst gar nicht zu gemütlich vor Ort machen. Wir sind ja schließlich zum Arbeiten hier, nicht wahr? Ein Tee wäre uns allerdings recht."

„Mr. Garner! Würden Sie den Herren bitte Tee und etwas Gebäck dazu servieren."-„Wie Sie wünschen, Miss Kingston", mit diesen Worten verschwindet der Buttler mit eiligen Schritten in Richtung Küche.

„Miss Kingston, ich würde die Gelegenheit gerne nutzen und Sie in Abwesenheit Ihres Butlers auf das Verhältnis zwischen Ihrem Mann und dem Ehepaar Garner ansprechen."

Als hätte die Frage des Inspektors die Witwe wieder in die schreckliche Realität zurückversetzt, wandelt sich ihre Mimik von einem Augenblick auf den anderen zu einem sehr ernsten sowie geradezu verzweifelten Gesichtsausdruck. Mary Kingston krallt ihre rechte Hand in die schwere Stoffserviette und beginnt zögerlich zu sprechen: „Mister Garner und seine Frau arbeiten seit fast einem Jahr in unserem Haus. Wir haben seitdem ein gutes, wenn auch recht distanziertes, Verhältnis zueinander, wie es sich in einem vornehmen englischen Haus nun einmal gehört."

„Warum haben Sie sich gerade für dieses Ehepaar entschieden? Es gab doch bestimmt eine große Auswahl an Bewerbern."-„Richtig, Inspektor! Das Ehepaar Garner stammt wie mein Mann aus den Staaten, genauer gesagt auch aus Massachusetts. Das gefiel meinem Mann natürlich sehr. Diese Gegend ist schließlich seine Heimat."

Wood steht auf und geht zum großen Fenster des Esszimmers: „Es gab also keinerlei Spannungen oder Auffälligkeiten zwischen den beiden Parteien. Sehe ich das richtig?"-„Ja, das ist richtig, außer vielleicht…" Mit einer schnellen Bewegung dreht sich Wood herum und setzt nach: „Fahren Sie ruhig fort, Miss Kingston!"

Für einen Moment zögert die Angesprochene, doch dann spricht sie weiter: „Jack, unser Nachbar und bester Freund meines Mannes, war von Anfang an nicht begeistert von unserer Wahl." Der Inspektor kneift die Augen zu schmalen Schlitzen zusammen, als ob er ein neues Indiz erahnen würde: „Was störte ihn denn an den neuen Hausangestellten?"-„Nun, Jack behauptete felsenfest, dass Steve und Kate bei der Angabe ihrer Heimat nicht die Wahrheit gesagt hätten, als sie von Massachusetts sprachen."

Inspektor Winterfield schaut kurz zu Wood hinüber: „Wie konnte er seinen Verdacht begründen, Miss Kingston?"-„Jack meinte, einen leichten Südstaatenakzent bei ihnen herauszuhören, außerdem wären sie sehr verschlossen, was für die offene Art der Amerikaner sehr ungewöhnlich ist."

Leslie Wood nickt zustimmend mit dem Kopf: „Der Akzent ist mir gestern allerdings auch sofort aufgefallen und Mr. Garner wirkt in der Tat recht verschlossen auf mich. Ich würde mich sehr gerne noch einmal mit Mr. Foster unter vier Augen darüber unterhalten."

„Dazu könnten Sie schon in Kürze kommen, Mr. Wood", unterbricht Miss Kingston den Inspektor. „Miss Foster teilte mir heute Morgen mit, dass sie und ihr Mann vorhaben, morgen Abend alle Nachbarn zu einem festlichen Dinner einzuladen, deren Hausangestellten und enge Freunde inbegriffen. Auch Inspektor Winterfield und die beiden Herren vom Scotland Yard wären herzlich willkommen, ließ sie ausrichten."

Ein zynisches Lächeln zieht bei diesen Worten über das Gesicht des Inspektors: „Sieh mal einer an! Die Einladung werden wir natürlich liebend gerne annehmen. Damit bietet sich uns eine einmalige Gelegenheit, den einen oder anderen Gast indirekt zu verhören."

Wood macht eine kurze Pause, dann fährt er fort: „Ich würde jetzt gerne noch das Ehepaar Garner zu dem Fall befragen, Miss…" Wood unterbricht plötzlich seine Bitte, als sich die große Tür des Esszimmers öffnet und Steve Garner einen Teewagen in den Raum hineinschiebt.

„Ah, dann können wir ja gleich damit beginnen, Mr. Wood. Sehen Sie das ebenso?", meldet sich Baker aus dem Hintergrund. Mary Kingston erhebt sich von ihrem Stuhl und wendet sich an ihren Butler: „Decken Sie jetzt bitte zum Tee ein und rufen dann Ihre Frau zu dieser Runde hinzu. Inspektor Wood hätte noch ein paar Fragen an Sie."

„Sollen Mr. Winterfield und ich in der Zwischenzeit das Haus sowie den Rest des Anwesens nach nützlichen Spuren und Hinweisen untersuchen, Mr. Wood?"-„Ja, ich bitte darum, Baker."

Wenige Augenblicke später sitzt Wood dem Ehepaar Garner gegenüber und nimmt einen kräftigen Schluck des köstlich duftenden Earl Grey Tees zu sich, dann lehnt er sich langsam zurück und beginnt das Verhör: „Miss Kingston sagte mir, dass Sie aus Massachusetts stammen. Mr. Foster, der George Kingstons bester Freund war, soll allerdings ein leichter Südstaatenakzent bei Ihnen aufgefallen sein. Wie erklären Sie sich das?"

Während der Inspektor seine Frage stellt, beobachtet er mit präziser Genauigkeit Mimik und Gestik des gegenübersitzenden Ehepaares. Steve Garners Blick senkt sich für einen Moment. Schließlich antwortet er, vermeidet es jedoch, Wood dabei anzusehen.

„Nun, er wäre die erste Person, der das aufgefallen ist, Sir. Ich habe keine Erklärung dafür. Kate und ich sind beide in Boston aufgewachsen. Meine Tante kann das übrigens bezeugen." Die Augen des Butlers suchen beim letzten Satz den Blickkontakt mit dem Inspektor.

„Ihre Tante? Wo hält sie sich denn momentan auf? Sie wohnt doch bestimmt in den Staaten, oder?"-„Nein, sie wohnt nicht weit von hier in Widercomb in the Moor, Sir. Sie zog vor zwei Jahren mit uns gemeinsam von Massachusetts in den Südwesten von England.

Inspektor Wood kippt den Kopf leicht nach hinten: „Warum sind Sie eigentlich nach England gezogen, wenn ich fragen darf?" Wieder senkt Garner den Blick, bevor er zur Antwort ansetzt: „Die Vorfahren meiner Familie stammen aus Devonshire und meine Tante hatte den Wunsch, ihren Lebensabend hier vor Ort zu verbringen. Da meine Frau und ich im hauswirtschaftlichen Bereich tätig sind und ich dazu eine handwerkliche Ausbildung genossen habe, war es für uns kein Problem, eine Anstellung auf einem der vielen Gutshöfe in dieser Gegend zu bekommen."

Eine starke Windböe lässt den plötzlich eintretenden Regen gegen das Esszimmerfenster prasseln. Wood blickt nach draußen und sieht seinen Kollegen Baker, wie er aus dem Pferdestall schnell hinüber zum Wohnhaus eilt. „Sie sind sich doch bestimmt darüber im Klaren, dass Sie zu den Hauptverdächtigen in diesem Mordfall zählen, von Miss Kingston einmal abgesehen. Schließlich waren Sie es, die jeden Morgen dem Ehepaar Kingston das Frühstück richteten. Da Miss Kingston an dem Morgen der Tat noch schlief und sonst anscheinend niemand anderes auf dem Anwesen zugegen war, drängt sich mir der Gedanke auf, dass Sie mit der Tat in Verbindung stehen könnten."

Wood greift sich mit einer hastigen Bewegung ein Stück Teegebäck, welches vor ihm auf einem Silbertablett liegt. In diesem Moment geht die Tür des Zimmers auf und die beiden Inspektoren Winterfield und Baker treten ein. „Wir haben im Beisein von Miss Kingston sämtliche Räume des Wohnhauses sowie die Stallungen auf dem Außengelände durchsucht und dabei keine Spur von giftigen Substanzen oder gar einem Brenneisen entdeckt."-„Ich habe auch nichts anderes erwartet, meine Herren. Der oder die Täter müssten schon sehr dumm gewesen sein, wenn sie ihre Tatutensilien nicht nachträglich peinlichst genau entsorgt hätten. Gut, ich habe momentan keine weiteren Fragen mehr an Sie. Wir sehen uns dann morgen Abend wieder zum Dinner in Foster Hall. Ich wünsche Ihnen allen noch einen schönen Tag!" Leslie Wood erhebt sich zügig von seinem Stuhl und schaut in Richtung seiner Kollegen: „Lassen Sie uns aufbrechen! Wir haben noch einen strammen Spaziergang nach Backfastleigh vor uns."

Man hat das erste Drittel des Weges bereits hinter sich gebracht, als Wood sich an Winterfield wendet: „Ich würde gerne morgen Vormittag Mr. Garners Tante einen Besuch abstatten. Sie soll in…"- „Sie wohnt in Widercombe-in-the-Moor und wird Lady Wellington genannt, eigentlich Miss Wellington, aber man nennt sie nur die Lady hier in Dartmoor."-„Warum wird sie denn Lady genannt?", ertönt die angestrengte Stimme Bakers von hinten, der vergeblich versucht mit den beiden anderen Inspektoren Schritt zu halten. „Weil sie äußerst extravagant wirkt. Wenn Sie ihr morgen begegnen, werden Sie es schon bemerken. Schauen Sie einmal nach rechts. Dort können Sie die Dächer von Foster Hall sehen. Ein wirklich stattliches Anwesen, meinen Sie nicht auch?"

Wood und Baker blicken den Hügel in eine weite Senke hinab. „Ich kann mir nicht helfen, aber es passt doch exakt zu dem Charakter des Eigentümers, nicht wahr, Baker?"-„Ja, in der Tat, Wood", antwortet der Inspektor, während er mit dem Atem ringt.

*

Ein kläffender Bullterrier springt auf das Eingangstor des kleinen Vorgartens zu, als Inspektor Winterfield sich als erster dem breiten Wohnhaus in einem abgelegenen Seitenweg am Ortsrand von Widercombe-in-the Moor nähert.

„Hier ist es, Mr. Wood! Dann wollen wir uns einmal bemerkbar machen." Baker schaut derweil irritiert auf den bedrohlich wirkenden Vierbeiner hinter dem Tor herab. Es ertönt ein dezentes Knurren, auf das ein lautes Bellen folgt.

„Er scheint etwas gegen uns zu haben", bemerkt Baker vorsichtig mit leiser Stimme. In diesem Moment geht die Haustür auf und eine alte Dame tritt in den Vorgarten. „Terry, komm sofort hier her!", ruft sie mit hoher, keifender Stimme ihren Hund zurück. Dieser pariert daraufhin sofort und rennt schnell in das Haus zurück.

„Guten Tag, Miss Wellington! Entschuldigen Sie bitte die Störung. Diese beiden Herren neben mir sind vom Scotland Yard. Sie hätten ein paar dringende Fragen an Sie. Ob wir vielleicht kurz eintreten könnten? Es wird auch nicht allzu lange dauern. Es geht um den Mord an George Kingston." Kaum hat Winterfield sein Anliegen ausgesprochen, blinzelt die Angesprochene hektisch, fast erschrocken, mit den Augen und räuspert sich, als ob ihr der überraschende Besuch der Inspektoren unangenehm wäre. Doch sie weiß ihre Unsicherheit geschickt zu tarnen, indem sie äußerst höflich auf die Bitte des Inspektors eingeht: „Kommen Sie doch bitte herein, meine Herren."

Lady Wellington in das Haus folgend schaut sich Wood unauffällig in der Wohnung um und kommentiert dabei seine Beobachtungen mit einem dezenten Kopfnicken.

„Setzen Sie sich doch, bitte! Wie kann ich Ihnen helfen?" Leslie Wood entgeht bei den Worten der Frau nicht, dass Sie ihn und Baker dabei mit einem strengen, misstrauischen Blick mustert. „Da dieser Mordfall sehr viele Rätsel aufweist, hat uns Inspektor Winterfield um unsere Hilfe gebeten. Aus diesem Grund sind wir gestern früh extra aus London angereist."

„Was ist der Grund Ihres Besuchs, Inspektor Wood?"-„Nun, ich habe im Gespräch mit Ihrem Neffen erfahren, dass Sie zusammen mit ihm und seiner Frau vor zwei Jahren aus den Staaten hier nach Devonshire gezogen sind. Mich würde interessieren, was der Beweggrund dafür gewesen ist, die Heimat zu verlassen."

„Mein Neffe ist eigentlich gelernter Handwerker und war schon längere Zeit als Hausdiener in den Staaten tätig. Kate ist Hauswirtschafterin. Beide hatten in Boston eine sichere Anstellung. Trotzdem entschieden sie sich vor geraumer Zeit, mir nach England zu folgen, wo meine familiären Wurzeln liegen. Mein Neffe und ich haben schon seit seiner Kindheit ein gutes Verhältnis. Steve hat seine Eltern im Alter von acht Jahren auf tragische Art und Weise verloren. Er wurde von heute auf morgen ein Waisenkind, aber ich nahm ihn natürlich sofort bei mir auf. Er hat mir also viel zu verdanken. Was ich damit sagen will? Er fühlte sich dadurch verpflichtet mit mir und seiner Frau, die auch sofort bereitwillig zustimmte, nach England zu ziehen."

„Was war mit den Eltern denn eigentlich geschehen?", fragt Baker und schaut dabei kurz zu Wood hinüber. „Es war ein tragischer Unfall, Mr. Wood. Meine Schwester und ihr Mann kamen bei einem Unwetter mit ihrer Kutsche vom Weg ab und stürzten die Böschung hinab. Sie waren beide auf der Stelle tot."

Inspektor Wood senkt den Blick zu Boden: „Oh, das ist wirklich tragisch." Für einen Moment herrscht völlige Stille im Raum, dann steht Wood abrupt auf: „Miss Wellington, wir bedanken uns für das aufschlussreiche Gespräch und möchten nun nicht länger Ihre Zeit in Anspruch nehmen. Auffällig schnell erhebt sich die Frau von ihrem Sessel, dann führt sie die drei Männer zur Haustür. „Ich wünsche Ihnen noch einen angenehmen Tag und viel Erfolg bei der Lösung dieses wirklich schrecklichen Mordfalls." Ein auffällig künstliches Lächeln untermalt die Verabschiedung der Gäste. Wood bemerkt dies sofort. „Ich glaube sehr wohl, dass wir Erfolg haben werden. Noch einen schönen Tag, Miss Wellington!", antwortet der Inspektor und zwinkert dabei der Lady ebenso künstlich lächelnd zu, woraufhin diese, offensichtlich über die Worte und Mimik des Inspektors erschrocken, ihr Lächeln sofort unterbricht und im Haus verschwindet.

*

„Was halten Sie nun von Lady Wellington?", fragt Inspektor Winterfield in die Runde, als die drei Beamten in Richtung Ortsmitte gehen, um eine freie Droschke zu finden. „Wenn diese Frau eben die Wahrheit gesagt hat, fresse ich vor Ihren Augen einen Besen."- „Da kann ich Ihnen ohne Zweifel zustimmen, Baker. Ich glaube, dass ich nun ein weiteres Puzzleteil unseres Kriminalfalls gefunden habe. Haben Sie die Einrichtung des Hauses von Lady Wellington zufällig näher betrachtet, Mr. Winterfield?" Der Inspektor schaut erstaunt zu Wood hin: „Nun, ziemlich ländlich, bunt, großzügig und flauschig würde ich sagen. Wieso?"-„ Lebt man so in Boston? Gleicht dies der Wohnkultur der nordöstlichen Staaten von Amerika?"

Winterfield überlegt einen kurzen Moment. Schließlich antwortet er zögernd: „Eigentlich nicht, wenn ich genauer überlege. So lebt man doch eher im Süden der Staaten. Moment – das passt doch…"- „Zu dem leichten Südstaatenakzent, der mir und auch Mr. Foster bei dem Ehepaar Garner aufgefallen ist. Den konnte ich bei Miss Wellington übrigens auch heraushören."-„Stimmt! Jetzt, wo Sie es sagen…"

Wood hebt den Arm und winkt eine Droschke herbei. „Sie können sagen was Sie wollen, aber Miss Wellington hat uns eben eiskalt eine hübsche Lügengeschichte präsentiert. Das Ganze ergibt für mich trotzdem noch keinen erkennbaren Sinn, egal wie ich es drehe und wende.

*

Ein heftiger Regenschauer, der von starken Windböen begleitet wird, fällt auf das Hochmoor hernieder. Wood schaut auf seine Taschenuhr: „Oh, wir sind schon fünf Minuten über die Zeit, meine Herren!", dann betrachtet er durch das Türfenster der Droschke die Sichel des zunehmenden Mondes, der erhaben über den Hügeln von Dartmoor schwebt.

„Eine geradezu ideale Kulisse für einen derartig mysteriösen Mordfall, wie er sich in Kingston Hall zugetragen hat, nicht wahr, Baker?"-„Ja, da muss ich Ihnen zustimmen. Das Moor ist schon ein geheimnisvoller Ort, unheimlich und auf seine Art irgendwie mystisch und anmutend."

Leslie Wood dreht den Kopf vom Fenster weg und wendet sich an Winterfield: „Ich frage mich während der Fahrt schon die ganze Zeit, warum Foster so viele Menschen auf einmal zu sich auf sein Landgut zum Dinner einlädt."

„Er liebt es nun einmal, im Mittelpunkt zu stehen. Sie hatten schon Recht mit Ihrer Bemerkung, dass der Mann zur Eitelkeit neigt, ein Egozentriker par excellence."-„Dass dazu auch noch drei Polizeibeamten eingeladen werden, hat für mich noch eine besondere Bedeutung", fährt Wood fort.

„Und die wäre?"-„Mr. Foster möchte wahrscheinlich heimlich ausforschen, wie unsere Ermittlungen fortschreiten. Ich kann mir nicht helfen, aber irgendetwas führt dieser Mann im Schilde. Ich würde sogar behaupten wollen, dass er eine zentrale Schlüsselfigur in diesem Fall zu sein scheint."

Winterfield und Baker werfen sich einen kurzen Blick zu und nicken daraufhin leicht verhaltend. Sekunden später passiert die Droschke das mächtige Eingangstor von Foster Hall und kommt schließlich vor dem Gutshaus zum Stehen. Ein kleiner untersetzter Butler eilt aus dem Hauseingang auf das Gefährt zu und geleitet die Männer in das Innere des Hauses.

Im Eingangsbereich erscheint auch schon der Hausherr und empfängt in einer geradezu theatralischen Art und Weise seine Gäste. „Ah, die Herren Wood, Baker und Winterfield! Kommen Sie doch bitte herein! Wenn Sie mir bitte folgen würden."

Jack Foster führt die Inspektoren durch einen langen Flur. Wood betrachtet dabei interessiert die beachtliche Säbelsammlung, welche die rechte Flurwand des Hauses schmückt. Foster öffnet eine große Flügeltür und man gelangt in einen prunkvollen Wohnraum, in dem eine lange eingedeckte Esstafel auf ihre Gäste wartet. Rote Wandteppiche mit kunstvollen Stickereien geben dem Raum ein feudales Ambiente.

An der Spitze der Esstafel ist hinter dem Stuhl des Gastgebers ein überdimensioniertes Porträt von Abraham Lincoln an der Wand zu sehen. „Darf ich Ihnen meine Gattin vorstellen?" Eine Frau mittleren Alters schlank, hochgewachsen, brünett, mit großen braunen Rehaugen und zarten Gesichtszügen erhebt sich von ihrem Platz und geht mit leichten Schritten auf die drei Gäste zu. „Die Gattin passt doch perfekt zu unserem eitlen Gastgeber, oder?", flüstert Wood seinem Kollegen unauffällig zu.

„Guten Abend, die Herren! Sie sind Inspektor Wood, wenn mich nicht alles täuscht"-„Ja, der bin ich und der Herr hier rechts neben mir ist mein Kollege Inspektor Baker. Wie Sie bestimmt wissen, hat uns Inspektor Winterfield bezüglich des schrecklichen Vorfalls in Kingston Hall um Hilfe gebeten."

„Mr. Wood, es ist für mich und noch mehr für meinen Mann ein schlimmer Verlust, einen so engen Freund zu verlieren. George war ein wunderbarer Mensch, wirklich, das können Sie uns glauben. Er war immer so verständnisvoll, einfühlsam und noch sehr hilfsbereit dazu. Nicht wahr, Jack?"

Gerade will der Hausherr zur Antwort ansetzen, da öffnet sich die große Tür des Esszimmers und der Butler tritt eilig in den Raum. „Ja, was gibt es, Mr. Daltrey?"-„Die Gäste aus Kingston Hall sind soeben eingetroffen, Sir". Während der Butler spricht, glaubt Wood ein kurzes Aufleuchten in den Augen von Foster zu sehen.

„Sehr schön. Dann werde ich sie gleich einmal in Empfang nehmen. Wenn Sie mich bitte für einen Augenblick entschuldigen würden. Meine Frau wird Sie inzwischen zu Ihren Plätzen führen."

Die mächtige Standuhr schlägt zur halben Stunde, als alle Gäste vollzählig an der prächtig gedeckten Esstafel in Foster Hall zusammen sitzen. Jack Foster erhebt sich von seinem Stuhl und ergreift das Wort: „Meine Damen und Herren! Darf ich kurz um Ihre

Aufmerksamkeit bitten!" Es dauert noch einen Moment, bis die Gespräche am Tisch eingestellt und die Konzentration auf den Redner gelenkt wird: „Ich freue mich sehr, Sie alle zusammen heute Abend hier in unserem Haus empfangen zu dürfen. Nach dem tragischen Ereignis in Kingston Hall, bei dem unser bester Freund George um das Leben gekommen ist, hatten ich und meine Gattin das Bedürfnis, alle Nachbarn, Freunde und Personen, die mit der Aufklärung dieses Mordfalls zu tun haben, hier zu uns einzuladen."

Foster hält kurz inne, dann fährt er mit seiner Rede fort: „Ich kann sehr gut nachempfinden, wie Mary um ihren George momentan trauert. Trauer läuft bei den meisten Betroffenen in verschiedenen Phasen ab. Am Anfang steht die Schockphase. Man mag gar nicht glauben, was da passiert ist. In der nächsten Phase folgt die schreckliche Erkenntnis, dass es tatsächlich passiert ist und für immer so bleiben wird – unabänderlich. Der seelische Schmerz wächst dann sehr oft in das Unermessliche, Depressionen können folgen. Ich weiß, wovon ich rede, da meine Mutter genau das Gleiche erleiden musste, wobei mein Vater allerdings eines natürlichen Todes gestorben ist."

Wieder legt Foster eine Sprechpause ein. Baker schiebt vorsichtig seinen Kopf zu Wood hin und flüstert ihm leise zu: „ Solch eine Empathie hätte ich ihm gar nicht zugetraut."-„Nun, manche Menschen weisen sehr ambivalente Charakterzüge auf, mein Lieber", antwortet der Inspektor leise, ohne dabei die Lippen zu bewegen. „Falls Sie einen Aperitif wünschen, steht Ihnen Mr. Daltrey jetzt gerne zur Verfügung."

„Sind Sie mit Ihren Ermittlungen schon ein wenig vorangekommen, Mr. Wood?", ertönt die hohe Stimme Mary Kingstons auf einmal neben dem Inspektor. Schon fast etwas erschrocken dreht der Angesprochene sich zu der Witwe hin: „Einige Dinge passen noch nicht so richtig zusammen, Miss Kingston. Es gibt weiterhin einige Ungereimtheiten. Der Fall erweist sich wirklich als äußerst skurril. Es lässt sich momentan leider noch kein Tatmotiv erkennen. Drei Dinge vermag ich allerdings doch schon im Voraus sagen zu können…"-„Und die wären, Mr. Wood?", schallt die Stimme Fosters plötzlich laut durch den Raum.

Wood blickt überrascht zur Spitze der Esstafel hinüber: „Ich muss schon sagen, Mr. Foster, für Ihr Alter haben Sie aber noch ein sehr gutes Hörvermögen. Respekt!"-„Danke! Dessen bin ich mir durchaus bewusst, Inspektor."-„Gut, dann möchte ich Sie auch gar nicht länger auf die Folter spannen."-„Nur zu, Mr. Wood! Wir sind alle gespannt auf Ihre neuesten Erkenntnisse."

„Ich bin davon überzeugt, dass einige Personen bei meinen Verhören nicht die Wahrheit gesagt haben. Ich behaupte weiterhin, dass irgendeine Person, die hier gerade mit uns zusammen am Tisch verweilt, in der Vergangenheit eine schlimme Sünde begangen hat. Schließlich glaube ich ebenso, dass der Mord an George Kingston aus Rache geschah und somit als ein Akt der Vergeltung anzusehen ist. Das Stigma auf der Stirn des Ermordeten weist stark darauf hin."

Während Wood seine Erkenntnisse verkündet, beobachtet er, wie sich eine gewisse Verblüffung in den Gesichtern der Gäste ablesen lässt. Als würden sie die beiden Beschuldigungen, die der Inspektor ihnen vorwirft, alle von sich weisen wollen, schauen diese mit weit aufgerissenen Augen empört in die Runde.

„Wollen Sie damit vielleicht sagen, dass mein Gatte eine schwere Sünde in seiner Vergangenheit begangen haben soll, Mr. Wood?"-„Nun, ich kann momentan dazu noch keine konkreten Beweise vortragen, aber möglich wäre es meiner Meinung nach durchaus, Miss Kingston."-„Das ist ja schrecklich!" Die Witwe steht langsam auf, ringt nach Luft und greift sich hastig an die Stirn, als ob sie der Ohnmacht nahe wäre, dabei hält sie sich mit der anderen Hand verkrampft am Tischrand fest.

„Entschuldigen Sie mich bitte für einen Moment. Ich muss kurz nach draußen an die frische Luft. Das ist alles unvorstellbar."-„Mr. Baker, wären Sie so nett, Miss Kingston nach draußen zu begleiten."-„Natürlich, Sir!"

Kaum haben der Inspektor und die Frau den Raum verlassen, fährt Foster empört von seinem Stuhl auf: „Wie können Sie es wagen in der Gegenwart der trauernden Witwe meines besten Freundes, solche Anschuldigungen zu erheben? Haben Sie denn nicht einen Funken von Anstand im Leib?"

„Diese in der Tat Miss Kingston gegenüber sehr taktlose Vermutung, die keinerlei Empathie einer frischen Witwe gegenüber aufweist, war von mir mit voller Absicht inszeniert worden."-„Wieso denn das?", fragt der Gastgeber mit inzwischen hochrotem Kopf wie aus der Pistole geschossen. „Um die Reaktionen der anderen Personen hier in diesem Raum zu prüfen und Ihre Reaktion, Mr. Foster, erschien mir eben doch nur allzu extrem und affektbeladen, um ehrlich zu sein."

Die letzten Worte des Inspektors bringen das Fass bei Foster nun endgültig zum Überlaufen: „Eine Unverschämtheit ist das...Sie...!"- „Um dieses Gespräch jetzt abzuschließen, Sie machen auf mich den Eindruck, als hätten Sie etwas zu verbergen. Es hat meiner Meinung nach höchstwahrscheinlich etwas mit Ihrer Vergangenheit in den Staaten zu tun. Noch habe ich keine Vorstellung davon, was es sein könnte, aber glauben Sie mir, Mr. Foster, ich werde noch dahinterkommen, so wahr ich Leslie Wood heiße." Mit einer energischen Handbewegung Richtung Tür zeigend brüllt der Angesprochene mit hochrotem Kopf durch den Raum: „Raus! Verlassen Sie unverzüglich mein Haus, sonst..."- „Was sonst? Wollen Sie uns etwa drohen? Nur zu, dann landen Sie schneller auf dem Polizeirevier, als Sie sich vorstellen können. Haben Sie das verstanden? Noch einen schönen Abend, Mr. Foster!"

Mit diesen Worten erheben sich Wood und die beiden anderen Inspektoren von Ihren Plätzen. „Mir ist die Lust auf das Dinner gründlich vergangen. Lassen Sie uns nach Kingston Hall zurückkehren!", ertönt die Stimme von Mary Kingston aus dem Hintergrund, die gerade wieder in den Raum zurückgekehrt ist.

*

„Entschuldigen Sie bitte die kompromittierende Szene eben vor allen Gästen, aber ich habe nun einmal die Aufgabe, diesen Mordfall aufzuklären, Miss Kingston." Die Witwe schaut etwas verstört in das leicht besorgte Gesicht des Inspektors. Eine Mischung aus Enttäuschung und Traurigkeit lässt sich auf ihrem Gesicht ablesen.

„Das ist mir schon klar, aber ich kann es einfach nicht fassen, dass jemand Rache an meinem Mann genommen haben soll. Ich wüsste auch nicht, was George in seinem vergangenen Leben verbrochen haben sollte. Es ist mir wirklich ein Rätsel."

Während Miss Kingston zu Wood spricht, nimmt dieser ein leises, unterdrücktes Schluchzen neben sich wahr. Als er kurz zur Seite blickt, bemerkt er die zitternden Hände von Kate Garner. Den Blick des Inspektors bemerkend, verschwinden diese sofort in ihren Manteltaschen. Wood schaut weiter an der Frau empor, und glaubt Tränen in ihren Augen erkennen zu können.

„Ich möchte morgen Abend noch einmal mit Ihnen unter vier Augen sprechen, Miss Kingston. Wäre das möglich?", bei den letzten Worten reißt Wood seine Augen weit auf, als wollte er damit auf die Dringlichkeit seines Anliegens hinweisen.

„Natürlich, Mr. Wood. Sie können jederzeit vorbeikommen. Ich hätte auch noch ein paar wichtige Fragen an Sie zu stellen. Mir kommt die Angelegenheit somit sehr gelegen. Bis morgen dann, Inspektor Wood."

Etwa eine knappe Stunde später, Wood und Baker haben sich gerade von Inspektor Winterfield vor dem Hotel in Buckfastleigh verabschiedet, da wendet sich Wood an seinen Kollegen: „Ist Ihnen vorhin auch aufgefallen, dass das Ehepaar Garner sehr aufgeregt wirkte, als ich dem aufgebrachten Hausherrn Jack Foster unmissverständlich meine Meinung gesagt habe?"

„Ja, das ist mir ebenso aufgefallen, Sir. Wenn sie noch Beifall geklatscht hätten, wäre ich nicht sonderlich überrascht gewesen. Sie haben Jack Foster wirklich hervorragend provoziert. Seine Eitelkeit hat ihn geradezu explodieren lassen, sehr gut."

„Mehr noch, Baker. Meiner Meinung nach zeigte der Mann in diesem Moment sogar Anzeichen von Angst. Der Grund dafür bleibt allerdings weiterhin ein Rätsel für mich. Ich werde das Gefühl nicht los, dass hinter dieser ganzen Geschichte ein riesiges Drama steckt. Man vermag es an den heftigen Reaktionen der daran beteiligten Personen zu erkennen."

„Wer sind Ihrer Meinung nach die Protagonisten dieses besagten Dramas, Sir?" Leslie Wood überlegt kurz und schaut dabei starr auf die naheliegenden Hügel des Hochmoors: „Jack Foster, das Ehepaar Garner und Lady Wellington sind für mich die Schlüsselfiguren in diesem Mordfall. Doch lassen Sie uns das Gespräch jetzt bitte erst einmal beenden. Der Tag war sehr anstrengend und unsere Mägen sind aufgrund des nicht stattgefundenen Dinners in Foster Hall sehr hungrig."-„Gute Idee, Wood. Dann lassen Sie uns am besten gleich zur Tat schreiten."

*

Der kühle Aprilwind weht durch die Hagebuttenbüsche, als ein Kaninchen durch eine Moorsenke springt. Ein lauter Schuss ertönt. Blitzschnell bricht das Tier zusammen und bleibt regungslos liegen. Kurz darauf eilen zwei kleine Jagdhunde herbei. Sie bleiben bellend vor dem toten Kaninchen stehen. Es dauert nicht lange und ein Jagdschütze tritt hinter den Büschen hervor.

„Dieser verdammte Bastard Wood wird bestimmt noch viel Schwierigkeiten bereiten. Er und dieser Baker hätten doch lieber in London bleiben sollen", geht es Jack Foster durch den Kopf, während er das tote Tier an den HInterläufen packt und diese flink zusammenbindet, um es schließlich an dem Sattel seines Pferdes festzubinden, das er hinter sich mitführt.

Kaum ist er damit fertig, erklingt plötzlich eine ihm bekannte Männerstimme hinter seinem Rücken: „Jetzt habe ich dich, Foster, du elende Ratte! Dein Freund schmort bereits in der Hölle und du wirst ihm nun folgen. Es gibt kein Entrinnen, du mieses Schwein. Hände hoch und ganz langsam umdrehen! Mach schon, sonst jage ich dir sofort eine Kugel in den Rücken."

Der ehemalige Offizier zuckt erst kurz erschrocken zusammen, doch als er die Stimme hinter ihm erkannt hat, macht sich ein hämisches Grinsen in seiner eitlen Visage breit. Langsam dreht er sich um: „Ich hatte von Anfang an die Vermutung, dass mit euch beiden irgendetwas nicht stimmt. Sofort nehmen seine eiskalten blauen Augen ihr Gegenüber genau in das Visier. Als ehemaliger Soldat weiß Foster durchaus seinen Feind in Schach zu halten.

„Halt dein dummes Maul, du verdammter Yankee! Du und dein Freund George haben meine Eltern kaltblütig ermordet. Dafür müsst ihr jetzt büßen."-„Ich glaube nicht, dass das klappen wird, Cowboy." Garner zieht die Stirn in Falten. „So? Wie es aussieht, habe ich gerade das Sagen oder möchtest du das etwa bestreiten?"

„Nicht mehr lange, mein Junge!" In diesem Moment springen die beiden Beagles des ehemaligen Offiziers aus einem Busch hinter Steve Garner hervor und stürzen sich auf ihn. Auf diesen Moment hat Foster gewartet. Er greift blitzschnell zu seinem Gewehr, das im Sattelhalfter seines Pferdes neben ihm steckt und schießt Garner mit einem Schuss nieder. „Aus!", ruft der passionierte Jäger und die beiden Hunde weichen von Garner zurück. Foster geht auf den am Boden liegenden Mann zu, auf dessen Brust ein großer, runder Blutfleck zu erkennen ist. Garner röchelt und verzieht das Gesicht vor Schmerzen.

„Lungenschuss, schätze ich. Du wirst ganz langsam an deinem eigenen Blut ersticken. Außer ich helfe noch etwas nach, obwohl…

Nein, einen Gnadenschuss werde ich dir nicht geben. George hatte schließlich auch keinen leichten Tod."

Jack Foster geht zu seinem Pferd zurück und steckt sein Gewehr wieder in das Halfter, dann schaut er sich noch einmal die nähere Umgebung genauer an. Er entdeckt ungefähr 25 Yards entfernt ein großes Moorloch. Der Jäger geht zu Garner zurück, der sich offensichtlich im Todeskampf befindet und zieht den Mann an den Füßen zum Rand des Loches. Mit einem festen, verächtlichen Tritt stößt Foster den aufgrund seines Blutverlustes inzwischen wehrlosen Mann in das Moor hinein.

„Adieu, mein Lieber! Gleich ist es vorbei mit dir. Jetzt gleitest du in die ewigen Jagdgründe. Fehlt nur noch deine Schwester, die angebliche Miss Garner. Da habe ich doch Recht, oder? Auch sie hat einen leichten Südstaatenakzent und eine Ähnlichkeit in euren Gesichtszügen ist ebenfalls nicht zu übersehen."

„Der Teufel wird dich holen, Foster!", schreit Garner noch, bis seine letzten Worte schließlich in ein Gurgeln übergehen, während sein Kopf langsam im Moor versinkt. Plötzlich herrscht eine geradezu beängstigende Stille. Nur das Geräusch des böigen Windes, der durch die nahen Büsche weht, ist zu vernehmen. Der Jäger dreht sich um und geht zu dem Ort zurück, an dem er Garner niedergeschossen hatte. Er hebt dessen Pistole auf und kehrt zu dem Moorloch zurück. Dann schmeißt er die Waffe an der Stelle in das Moor, wo Garner kurz zuvor untergegangen war. „Erledigt", murmelt Foster vor sich hin, schaut dabei noch einmal prüfend um sich, steigt auf sein Pferd und reitet langsam davon.

*

Es ist 11 Uhr am Vormittag, als eine große, schlanke Reiterin mittleren Alters vor dem Wohnhaus von Kingston Hall ihr Pferd zum Stehen bringt. Kate Garner öffnet die massive Eingangstür des Gutshauses und begrüßt mit aufgesetzt wirkender Freundlichkeit die unerwartete Besucherin: „Guten Tag, Miss Foster! Schon so früh unterwegs?"-„Ja, ich müsste Miss Kingston einmal dringend sprechen. Wo ist eigentlich Ihr Mann, Miss Garner?"-„Er ist im Moor, um Reisig für den Kamin zu sammeln, müsste aber bald wieder zurück sein."-„Jack ist auch draußen. Er geht seiner Lieblingsbeschäftigung nach. Ich habe manchmal den Eindruck, dass er sich für die Jagd mehr interessiert als für mich. Ist Mary zu Hause oder bin ich umsonst vorbeigekommen?"-„Miss Kingston ist da, Miss Foster. Ich werde sofort Ihre Ankunft melden."

Wenig später betritt Linda Foster das Wohnzimmer ihrer besten Freundin. Mary Kingston empfängt sie mit besorgter Miene: „Was ist los, meine Liebe? Du siehst ziemlich erschöpft aus. Nach diesem schrecklichen Abend gestern, geht es mir allerdings auch nicht viel besser."

Linda Foster schaut die Witwe mit ernstem Gesichtsausdruck an und nimmt neben ihr auf dem großen Ledersofa am Fenster Platz, daraufhin schaut sie mit starrem Blick auf die bizarre Hügellandschaft des Hochmoors. Für einen Augenblick verharrt sie in dieser Stellung, während Mary Kingston sie erwartungsvoll von der Seite beobachtet: „Glaubst du wirklich, dass unsere beiden Männer uns die ganze Zeit über ein Geheimnis verschwiegen haben sollen, Mary?"

Die Witwe atmet tief ein und faltet die Hände auf ihrem Schoß ineinander. „Ich kann es mir beim besten Willen nicht vorstellen, Linda. Inspektor Wood mag bestimmt ein Meister in seinem Fach sein, aber dass George etwas Schlimmes getan haben soll – nein, das ist für mich unvorstellbar."

Linda Foster gibt ein dezentes Seufzen von sich und dreht sich zu Mary hin: „Nun, ich kann es mir auch nicht vorstellen, doch warum haben unsere beiden Männer nie über ihre Vergangenheit gesprochen, von der Kindheit und Jugend einmal ausgenommen. Die Angelegenheit kommt mir schon etwas merkwürdig vor."

„Stimmt! Ich habe übrigens vor einigen Jahren deswegen den einzigen längeren Streit während unserer Ehe ausgefochten."-„Kein einziges Wort über ihre gemeinsame Zeit bei der Armee wurde jemals von ihnen erwähnt. Warum eigentlich?"

Mary Kingston schaut hinaus zum Himmel empor und beobachtet die vielen kleinen schnellziehenden Schäfchenwolken am Himmel. „Dieses Verhalten weist meiner Meinung schon darauf hin, dass unsere Männer etwas zu verbergen versuchten. Und dann wäre da noch etwas."

Bei dem letzten Satz ihrer Freundin wirft Linda Foster den Kopf herum: „Und das wäre?"-„George schimpfte des Öfteren auf die Leute aus dem Süden der Staaten. Sie wären Separatisten, reaktionäre Rassisten und hätten seiner Meinung nach mit einer zentralen Regierung, die von Washington aus das Land regiert, nicht viel im Sinn."

Linda Foster grübelt für einen Moment vor sich hin, dann sagt sie aufgeregt: „Jack sieht das ebenso. Aber was hat dies alles mit dem Mord an George zu tun?"-„Keine Ahnung, meine Liebe. George war damals dagegen, Steve und Kate Garner in unserem Haus anzustellen, aber da habe ich mich dann letztendlich doch durchsetzen können."

„Auch Jack konnte die beiden von Anfang an nicht leiden. Er nahm es ihnen nicht ab, dass sie aus Massachusetts stammen. Vielmehr glaubte er, einen leichten Südstaatenakzent bei ihnen herauszuhören. „

„Ich finde sie wirklich recht sympathisch, allerdings sind sie doch sehr zurückhaltend, fast schon etwas unnahbar und für ein Ehepaar verhalten sie sich meiner Meinung nach dazu noch ziemlich seltsam.

„Wie meinst du das?", fragt Linda Foster ihre beste Freundin leicht irritiert.-„Nun, ich habe zum Beispiel in den vergangenen Jahren nicht ein einziges Mal gesehen, dass sie sich umarmt hätten, wie es ein Ehepaar normalerweise gelegentlich zu tun pflegt, keine Liebkosung – nichts dergleichen."

„Das ist allerdings tatsächlich merkwürdig."-„Gut, nahe stehen sie sich schon. Sie necken sich auch häufig gegenseitig und machen den Eindruck, als wären sie schon seit langem gute Freunde, oder…?"-„Bruder und Schwester. Meinst du das?"

Mary Kingston reißt plötzlich die Augen auf, als wäre ein Gedankenblitz durch ihren Kopf gefahren, dann erhebt sie sich von dem Sofa und schaut in Richtung Zimmertür. Flüsternd antwortet sie schließlich: „Ja, genau - wie Geschwister."

In diesem Moment geht die Tür des Wohnzimmers auf. Kate Garner eilt mit bleichem Gesicht in den Raum. „Miss Kingston, ich mache mir ernsthaft Sorgen. Steve müsste schon längst zurück sein. So viel Zeit benötigt er eigentlich nie, um Reisig draußen auf dem Moor zu sammeln."

„Vielleicht hat er jemanden unterwegs getroffen und es wurde eine längere Unterhaltung daraus. So etwas kann vorkommen, Miss Garner. Sehen Sie es einfach etwas gelassener. Letztendlich regt man sich über solche Dinge meist völlig unnötig auf."

Kate Garner geht zum Fenster und schaut nachdenklich auf die Landschaft hinaus. So verweilt sie einen Augenblick, dann atmet sie tief durch und dreht sich zu den beiden Damen um: „Wahrscheinlich haben Sie Recht. Ich muss mich jetzt beeilen. Das Lunch muss noch vorbereitet werden. Wird Miss Foster heute mit uns speisen?"

Mary Kingston schaut fragend zu ihrer Freundin hinüber. „Ja, gerne, wenn es dir nichts ausmacht, Mary."

*

Robert Baker tupft sich vorsichtig die Innenseiten seiner Mundwinkel mit einer dicken Stoffserviette ab und betrachtet amüsiert das leicht kitschig wirkende Moorhuhn, das auf ihr aufgehäkelt ist. „So, jetzt könnte man sich gerade wieder in sein Bett legen und ein kleines Mittagsschläfchen halten. Geht es Ihnen genauso, meine Herren?"

Wood hebt die Augenbrauen an, dreht sich zu seinem Kollegen hin und antwortet: „Das würde Ihnen so passen, Baker. Wir werden jetzt alle zusammen zu Fuß durch das Moor nach Kingston Hall gehen, um uns mit Miss Garner noch einmal etwas gründlicher zu unterhalten. Ich würde vorschlagen, dass wir uns in 10 Minuten in der Hotellounge treffen. Wir dürfen keine unnötige Zeit mehr verlieren. Der oder die Täter sind nun gewarnt."

„Nicht, dass sie jetzt eiligst die Flucht ergreifen", ertönt die hohe Stimme von Inspektor Winterfield durch den Speiseraum. „Oder noch eine weitere schlimme Tat folgt", ergänzt ihn Wood.

„Glauben Sie etwa wirklich...?"-„Nun, falls nicht nur eine Person getötet werden sollte, wäre dies durchaus möglich. Der Fall nimmt in meinen Gedanken langsam Formen an. Die Anzahl der Puzzleteile, die eindeutig zusammenpassen, sind deutlich mehr geworden. Die Schlüsselfiguren sind auf der einen Seite das Ehepaar Garner und Miss Wellington, also Steve Garners Tante, und auf der anderen Seite natürlich unser eitler und egozentrischer Freund Jack Foster, der uns gestern Abend offensichtlich nur eingeladen hat, um irgendwelche Neuigkeiten bezüglich unserer Untersuchungen von uns zu erfahren. Gut, einige hat er in der Tat von uns erfahren. Ich gehe einmal davon aus, dass nach dem Gespräch mit Miss Garner mehr Klarheit bezüglich des Tatmotives herrschen wird."

*

45

„Langsam gewöhne ich mich an diesen skurrilen Anblick. Das Hochmoor ist eine einzigartige Landschaft. Diese Granitfelsen, die Fauna wirken teils trostlos, teils wirklich faszinierend."-„Solche Worte von Ihnen zu hören freut mich sehr, Baker. Genießen Sie es. Bald müssen Sie wieder mit dem Trubel der Großstadt vorlieb nehmen."

„Auf diesen könnte ich auch nicht verzichten, wenn ich ehrlich sein soll. So schön diese Gegend auch ist, irgendwie läuft mir auf Dauer gesehen hier alles zu langsam ab."-„Das liegt an Ihrer Einstellung dazu, Baker. Sie müssen sich auf das Wesen dieser Landschaft einlassen, sozusagen Ihren Pulsschlag verstehen. Die Zeit scheint hier tatsächlich langsamer zu vergehen. Am Anfang ist das natürlich sehr gewöhnungsbedürftig, geradezu erschreckend, aber wenn Sie erst einmal den richtigen Rhythmus gefunden haben, kann es sehr angenehm sein. Doch sind wir schließlich nicht hier, um uns zu erholen und zu uns zu finden. Nein, wir haben einen schwierigen Mordfall zu lösen und deshalb..."

Mitten im Satz ertönt plötzlich ein Schuss und die Männer bleiben wie angewurzelt stehen. „Das kam aus dieser Richtung dort drüben, wenn mich nicht alles täuscht", sagt Winterfield aufgeregt und deutet nach Osten.

„Vielleicht hatte mein Kollege ja heute Morgen Recht, als er meinte, dass wir lieber keine Zeit verlieren sollten."-„Was wollen Sie damit andeuten, Mr. Baker?"-„Nun, nicht jeder Schuss auf dem Moor ist für ein Kaninchen oder Moorhuhn bestimmt, das meine ich damit, Mr. Winterfield."

Ohne auf den Dialog seiner beiden Kollegen einzugehen, bewegt sich Wood unverzüglich in die Richtung, aus welcher der Schuss kam. Die beiden anderen Beamten folgen ihm nach. Nach knapp zehn Minuten Fußmarsch bleibt der Inspektor auf einem hohen Hügel stehen und schaut um sich.

„Weit und breit nichts zu sehen", erklingt kurz darauf die Stimme von Robert Baker, der neben Wood schnaufend stehen bleibt.

„Bis auf einen Haufen Reisig, der ungefähr 50 Yards von hier entfernt in einer Mulde zwischen zwei Büschen fein säuberlich zusammengebunden in der Landschaft herumliegt. Den hat bestimmt nicht der liebe Gott dort abgelegt, oder? Winterfield und Baker spähen vergeblich das Moor vor ihnen ab.

„Wirklich sehr merkwürdig. Lassen Sie uns doch den Ort einmal etwas genauer unter die Lupe nehmen, Inspektor Wood."-„Genau das habe ich jetzt wortwörtlich vor, Mr. Winterfield." Wood zieht seine Lupe aus der Manteltasche und geht eiligst zu der Stelle, wo das Reisigbündel liegt. Er beugt sich nieder, betrachtet aufmerksam den Moorboden und verfolgt anschließend eine Fußspur, die bis zum Rand eines Moorlochs führt. Schließlich geht er noch einige Schritte weiter.

Nach einigen Minuten kehrt er zu den beiden anderen zurück. „Hier sind verschiedene Fußspuren zu sehen, aber das hat noch nicht viel zu sagen. Es laufen öfters Jäger und Sammler durch das Moor."

„Das mag ja stimmen", sagt Wood und amüsiert sich heimlich über den äußerst wichtigen Gesichtsausdruck von Inspektor Winterfield. „Doch in diesem Fall waren es keine gewöhnlichen Sammler und Jäger."-„Was soll denn das nun wieder bedeuten, Mr. Wood? Sie sprechen wirklich in Rätseln."

Leslie Wood dehnt mit einem überlegenen Lächeln seinen Nacken, dann fängt er an, seine Beobachtungen zu schildern: „Es kam tatsächlich ein Sammler aus westlicher Richtung hier zu diesem Platz. Er entdeckte einen Mann, der neben seinem Pferd dort drüben stand und ihm den Rücken zuwandte. Nachdem der Sammler sein Reisigbündel hinter dem Busch dort abgelegt hatte, ging er auf den Mann zu und blieb etwa zehn Yards hinter ihm stehen. Der Mann, der anscheinend ein Jäger war, drehte sich um. Dann fand höchstwahrscheinlich ein Wortwechsel statt. Irgendwann schoss der Jäger auf den Sammler, der plötzlich von Hunden angefallen und abgelenkt wurde. Hier kann man eindeutig Spuren von Hundepfoten erkennen, ein ziemliches Durcheinander. Der

Mann wehrte sich. Das sieht man an den Fußspuren, die sich überkreuzen. Alles geschah in kürzester Zeit an dieser Stelle. Es fand eindeutig ein Kampf statt. Hier sind auch Blutspuren auf dem Boden und an den Grashalmen zu sehen. Dort drüben, wo der Schütze stand, liegt eine leere Schrotpatrone am Boden. Der Jäger ist zu dem am Boden liegenden Sammler hingegangen. Das Gras ist an der Stelle noch niedergedrückt, was darauf hinweist, dass sich das Ganze erst vor kurzem ereignet haben kann. Er schleifte den Mann, der noch am Leben war und sich zu wehren versuchte, an den Füßen Richtung Moorloch. Sehen Sie die Spuren seiner Arme und Hände auf dem feuchten Boden am Rande des Moors, meine Herren?"

Baker und Winterfield schauen für einen Moment ratlos auf den Boden vor ihnen, dann schießt der Arm Robert Bakers auf einmal nach vorne und der Inspektor zeigt stolz auf die langgezogenen Schleifspuren am Boden.

„Sehr gut, Kollege! Sie machen sich langsam. In ein bis zwei Jahren werden Sie sich zu einem akzeptablen Spurenleser entwickelt haben. Nun, der Jäger zog den Körper des Sammlers in das Moor und ließ ihn auf grausame Weise dort bei lebendigem Leibe untergehen."-„Der Mann erstickte also sozusagen."-„Richtig, Mr. Winterfield. Danach ging der Täter noch einmal an den Ort zurück, wo er Garner niedergeschossen hatte. Was er dort tat ist mir allerdings nicht ganz klar. Vielleicht wollte er irgendwelche Spuren oder Beweismittel entfernen. Schließlich kehrte er dann zu seinem Pferd zurück und ritt in nördliche Richtung davon. Alles geschehen vor höchstens einer halben Stunde."

Für einen Augenblick herrscht Stille, während die drei Inspektoren in ihren Gedanken versunken sind, dann unterbricht Winterfield das Schweigen: „Ein weiterer Mord? Unfassbar! Aber wie konnten Sie den Tathergang in so kurzer Zeit nur mit einer Lupe in der Hand nachvollziehen, Sir? Einfach phänomenal und jetzt weiß ich auch, warum Sie in Polizeikreisen in aller Munde sind, Mr. Wood."

„Genaues Beobachten, eine Liebe zum Detail und natürlich viel Übung und Erfahrung sind der Schlüssel hierfür. Mr. Baker!"-„Ja, Sir!"-„Packen Sie doch bitte die Schrotpatrone hier in dieses kleine Leinensäckchen ein und schauen Sie sich danach noch die Profile der beiden sehr unterschiedlichen Fußspuren an. Wichtig ist, dass Sie sich die Profile genau einprägen. So, jetzt sollten wir uns aber schleunigst nach Kingston Hall begeben. Ich nehme an, dass Miss Garner ihren Mann immer noch vermisst. Miss Wellington werden wir dann im Anschluss ebenfalls noch einen Besuch abstatten."

Robert Baker macht sich an die Arbeit und Inspektor Winterfield wendet sich währenddessen verblüfft an Wood: „Was meinten Sie eigentlich gerade damit, dass Miss Garner ihren Gatten immer noch vermisst?"

„Bei unserem ersten Besuch in Kingston Hall habe ich draußen vor dem Haus mehrere Bündel Reisigholz entdeckt, die auf die gleiche Art und Weise hergerichtet und zugeschnürt waren wie dieses Bündel hier. Da diese Aufgabe ausschließlich Mr. Garner unterliegt, gehe ich davon aus, dass er der Sammler war, der vorhin an diesem Ort im Moor ermordet wurde."

Inspektor Winterfield presst die Augen zu schmalen Schlitzen zusammen, dreht den Kopf nach links und schaut Wood erwartungsvoll von der Seite an: „Dann haben Sie vielleicht auch eine Idee, wer der Täter gewesen sein könnte, Mr. Wood?"

Jäger gibt es hier draußen auf dem Hochmoor bestimmt genügend. Weil Jack Foster jedoch in unmittelbarer Nähe wohnt, dazu noch ein leidenschaftlicher Jäger ist und zum Kreis der Hauptverdächtigen gehört, käme er als Täter durchaus in Frage."

„Er und sein bester Freund George haben vor langer Zeit eine schlimme Sünde begangen. Anscheinend muss ihnen jetzt jemand auf die Schliche gekommen sein. Doch was hat Steve Garner damit zu tun? Diese Frage bleibt offen", ergänzt Winterfield den Gedankengang Woods mit nachdenklicher Miene, während er Baker beobachtet, der den Tatort inspiziert.

„Dazu müssten meiner Meinung nach Lady Wellington und Miss Garner einiges zu sagen haben. Ich werde ihnen dabei auch gerne auf die Sprünge helfen, wenn wir heute Abend zusammen kommen. Damit meine ich, dass ich die beiden Frauen hart in das Verhör nehmen will und nicht eher das Haus verlassen werde, bis ich alles gehört habe, was ich hören möchte. Jetzt sollten wir aber endlich weitergehen. Ich sehe gerade, dass mein Kollege mit seiner Arbeit fertig ist. Lassen Sie uns also aufbrechen."

*

Leslie Wood und seine beiden Begleiter steuern im flotten Gehtempo den schmalen Pfad, der aus dem Hochmoor auf das stattliche Anwesen von Kingston Hall führt, auf das Gutshaus zu. Als sie an dem großen Fenster des Wohnzimmers vorbeigehen, bemerken die Inspektoren, dass Miss Kingston nicht alleine ist. Ihre beste Freundin Linda Foster hat ihr offensichtlich einen Besuch abgestattet. Im Vorübergehen hebt Inspektor Winterfield den Arm zum Gruß. Kurz darauf öffnet Miss Kingston persönlich die Haustür und empfängt die drei Herren.

„Guten Tag, Miss Kingston! Ist Miss Garner zufällig zu sprechen?"- „Guten Tag, meine Herren! Ja, sie ist gerade in der Küche und bereitet das Lunch für heute vor, aber kommen Sie doch bitte herein."

„Guten Tag, Miss Foster", begrüßt Wood Miss Kingstons Gast. Linda Foster erwidert den Gruß Woods mit kalter Miene und schaut ihn dabei mit einem verständnislosen Gesichtsausdruck an.

„Was führt Sie zu mir, Mr. Wood?", fragt die Witwe den Inspektor. „Nun, wir haben auf dem Weg hierher einen Schuss auf dem Moor gehört. Eigentlich ist das nichts Außergewöhnliches, da tagsüber häufig Jäger im Hochmoor unterwegs sind. Trotzdem bin ich intuitiv sofort in die Richtung gegangen, aus welcher der Schuss ertönte.

Nachdem ich auf einen höheren Hügel gestiegen war und mich umsah, entdeckte ich ein großes Bündel Reisig, das sorgfältig zusammengebunden zwischen zwei Büschen lag. Daraufhin untersuchte ich den Ort etwas genauer. Es war weit und breit niemand zu sehen, doch bei genauerem Hinsehen erkannte ich recht schnell, dass sich vor kurzem an dieser Stelle ein Drama abgespielt haben muss."

„Was für ein Drama? Was wollen Sie damit sagen, Inspektor Wood?", fragt Miss Kingston aufgeregt und schaut hastig zu ihrer Freundin hinüber. „Der Mann, der in das Moor gegangen war, um Reisig zu sammeln, wurde offensichtlich von einem zweiten Mann, der anscheinend gerade auf der Jagd war, ermordet."

Miss Foster reißt nach den Worten des Inspektors entsetzt ihren kleinen Mund auf und schießt von ihrem Sessel empor: „Wie bitte? Ein Jäger soll im Moor jemanden erschossen haben?"- „Angeschossen, Miss Foster! Der Täter schoss den Sammler nieder und zog den Verletzten, der sich noch zu wehren versuchte, an den Füßen in ein Moorloch. Dort ließ er sein Opfer auf grausame Weise untergehen. Der Mann musste einen schrecklichen Erstickungstod erleiden."

In diesem Moment ertönt hinter den Männern eine schreiende Frauenstimme: „Nein! Nein! Er hat Steve umgebracht, dieses Ungeheuer!"

Die drei Inspektoren drehen sich überrascht herum. Sie sehen Kate Garner, völlig außer sich und am ganzen Körper zitternd, schwankend auf sie zukommen. Inspektor Winterfield fasst sich als Erster und eilt der Frau zu Hilfe.

„Wer soll Mr. Garner umgebracht haben? Jetzt verstehe ich gar nichts mehr. Könnten Sie mich diesbezüglich bitte aufklären, Mr. Wood. Das hört sich ja alles furchtbar an."- „Es deutet meiner Meinung nach alles darauf hin, dass Mr. Garner heute Vormittag in das Moor aufgebrochen ist, um Reisigholz zu sammeln. Unterwegs begegnete er dann seinem Mörder."

„Oh, Gott! Auf diesem Haus scheint ein Fluch zu liegen." Die Hausherrin ringt für einen Moment nach Atem, dann schaut sie mit starrem Blick aus dem Fenster hinaus. Schließlich dreht sie den Kopf wieder zu Wood hin: „ Bringen Sie diesen Fall bitte so schnell wie möglich zu Ende, Inspektor, bevor noch weitere Menschen sterben müssen."

„Mary hat Recht! Ich kann mir das alles auch nicht erklären und bin gerade völlig verwirrt. Ehrlich gesagt – es macht mir sogar Angst, Sir!"

Wood atmet einmal tief durch und schaut dabei mit strengem Blick in die Gesichter der beiden Frauen: „Sie haben anscheinend nicht die geringste Ahnung davon, dass Ihre eng befreundeten Ehemänner in der Vergangenheit sehr wahrscheinlich ein schlimmes Verbrechen begangen haben, zumindest deuten einige Anzeichen darauf hin. Ich möchte übrigens Miss Garner bitten, heute Abend um 19 Uhr in Buckfastleigh im Haus von Miss Wellington zu erscheinen. Nach unserem dortigen Gespräch dürfte wohl Klarheit darüber herrschen, wer der oder die Täter und das Tatmotiv sind. Ach, Miss Foster!"

„Ja, Sir!"-„Haben Sie zufällig eine Ahnung, wo sich Ihr Ehegatte heute Vormittag aufgehalten hat?-„Er wollte auf Entenjagd gehen und vielleicht danach noch einen Freund in Postbridge besuchen, aber warum fragen Sie das, Sir?"

„Sehr gut! Dann werden wir Sie jetzt unverzüglich nach Hause begleiten." Eine Mischung aus Angst und Unverständnis macht sich auf einmal im Gesicht der Frau breit. „Aber wieso...?"-„Baker, wären Sie so nett und geben mir den Beutel herüber."

Der Inspektor greift in den Leinenbeutel und hält Miss Foster die leere Schrotpatrone hin. „Ich würde gerne bei Ihnen zu Hause das Gewehr und die Jagdstiefel, die Ihr Mann heute bei der Jagd benutzt hat, einmal unter die Lupe nehmen. Falls das Profil, dass ich mir sehr genau eingeprägt habe, mit den Stiefeln Ihres Mannes übereinstimmen und die von uns gefundene Schrotmunition zu seinem Gewehr passen sollte, würde dies eine starke Beweislast gegen Ihren Mann darstellen."

Linda Foster benötigt einen Moment um die Worte des Inspektors zu verarbeiten. Plötzlich steht sie auf und geht wütend auf den Inspektor zu: „Was soll das bedeuten? Wollen Sie etwa damit sagen, dass mein Mann ein Mörder sein soll?"-„Ich würde sogar behaupten, dass er ein mehrfacher Mörder sein könnte, Miss Foster."

Die sichtlich erregte Frau geht einen Schritt zurück. ihr Blick wirkt auf einmal sehr finster. „Das können Sie doch gar nicht beweisen."-„Nein, momentan nicht, aber…" Wood dreht sich langsam zu Miss Garner herum. „Ich könnte mir jedoch sehr gut vorstellen, dass Miss Garner und Lady Wellington uns diesbezüglich weiterhelfen können."

Mary Kingston und Linda Foster schauen überrascht in Richtung der Haushälterin. „Jetzt verstehe wirklich überhaupt nichts mehr. Was sollen denn Miss Garner und Miss Wellington mit dem Fall zu tun haben? Könnten Sie mir das bitte einmal erklären, Inspektor Wood!"

Leslie Wood schaut betont gelassen auf die Standuhr neben Miss Foster. „Morgen werden wir mehr zu diesem Thema wissen. Jetzt müssen Sie uns aber bitte entschuldigen, Miss Kingston. Wir sollten nun schleunigst Miss Foster nach Hause begleiten. Ihr Pferd müssen Sie allerdings hier auf Kingston Hall zurücklassen, da wir zu Fuß unterwegs sind. Macht das irgendwelche Probleme, Miss Kingston?"

„Nein, hier ist es gut aufgehoben und mach dir keine zu großen Sorgen, meine Liebste. Das sind alles völlig absurde Beschuldigungen."

*

Jack Foster öffnet die Tür zu seinem Arbeitszimmer, dann öffnet er einen kleinen Schrank, indem eine Flasche Scotch und diverse Gläser stehen. Er gießt sich langsam einen Drink ein. Danach leert er das Glas hastig in einem Zug. Als er fertig ist, geht er zu seinem Schreibtisch hinüber und lässt sich in den Stuhl fallen. Mit ernstem Blick schaut er auf die Fotografien, die links an der Wand hängen. Sie zeigen ihn und seinen Freund George beim Militär während des Amerikanischen Bürgerkriegs.

Er schließt kurz die Augen und greift sich an die Schläfen. „Diese verdammten Kopfschmerzen!", denkt er bei sich. „Inspektor Winterfield wird mit den beiden Polizisten vom Scotland Yard bestimmt bald hier auftauchen. Dieser Wood ist der reinste Bluthund. Ihm scheint nichts zu entgehen."

Jack öffnet seine Augen wieder. Sein Blick gleitet zu den beiden eingerahmten Fotos, die ihn und George im Vordergrund als Offiziere einer Kavallerieabteilung der Nordstaatenarmee erkennen lassen.

„Steve Garner weilt jetzt in den ewigen Jagdgründen, wenigstens etwas. Hätten wir die beiden damals auch gleich erledigt, wäre George jetzt wahrscheinlich noch am Leben und wir hätten noch einen langen Lebensabend gemeinsam mit unseren Frauen hier in England verbringen können. Aber so kamen uns die beiden nach so langer Zeit noch überraschend in die Quere. Zugegeben war es eine große Leistung uns hier aufzuspüren", beendet Foster seine Gedanken. Er zieht die Schublade vor ihm auf und holt eine Reihe von Militärorden hervor. Nachdenklich hält er diese eine Weile in der Hand, während er sie mit starrem Blick wehmütig betrachtet.

Schließlich legt er die Orden zur Seite, holt ein großes Blatt Schreibpapier hervor, legt es vor sich auf den Tisch, greift nach seiner großen Schreibfeder und tunkt diese in das daneben stehende Tintenfass. Für eine Weile schaut er starr auf das leere Blatt, um seine Gedanken zu ordnen, dann fängt er an zu schreiben:

Liebe Linda,

Wenn Du diesen Brief liest, werde ich nicht mehr am Leben sein.

Ich muss Dir gestehen, dass ich Dir die ganze Zeit hinweg, in der wir beide glücklich zusammengelebt haben, eine sehr schlimme Begebenheit aus meinem früheren Leben verschwiegen habe.

Hätte ich Dir diese Gräueltat vor unserer Heirat offenbart, wärst Du sicherlich sofort vor mir weggelaufen. Soldaten werden im Kriegsgeschehen oft zu Bestien. Das traf leider auch auf mich und George zu, als wir während des Krieges mit unserer Kavallerieabteilung durch Missouri gezogen sind. Ich kann nur so viel sagen, dass ein Farmer, den wir dort auf unsere Seite ziehen wollten, sich uns entschlossen in den Weg stellte. Sein Hass war in seinen Augen deutlich zu erkennen und seine Frau, die reinste Furie, stachelte ihn mit ebenso hasserfülltem Blick zur Gegenwehr an. Dieses Verhalten erweckte bei mir und George einen ungeheuren Zorn gegen diese beiden Zivilisten. Schließlich eskalierte die Situation und wir schossen beide im Affekt nieder. Danach steckten wir die Farm in Brand und zogen ab.

Heute Vormittag versuchte eines der beiden Kinder des Farmerehepaares, die die Gräueltat damals überlebten, weil sie sich noch rechtzeitig verstecken konnten, an mir zu rächen. Nachdem die beiden zuvor schon Vergeltung an George genommen hatten, sollte der Racheakt mit meinem Tod beendet werden.

Ich konnte aber die inzwischen schon erwachsene Person überlisten, obwohl sie mir auflauerte und mich dabei mit einer Waffe bedrohte. Es handelte sich dabei um Steve Garner, dessen angebliche Ehefrau Kate Garner in Wirklichkeit seine Schwester ist. Die Ähnlichkeit der Gesichtszüge ist nicht zu übersehen und war mir sofort aufgefallen, als ich die beiden zum ersten Mal in Kingston Hall zu sehen bekam. Alles Weitere zu dem Geschehen wird Dir Inspektor Wood wahrscheinlich noch detailliert schildern.

Ich bereue diese Taten im Nachhinein zutiefst und kann es mit meinem Gewissen nicht verantworten, noch weiter auf dieser Welt zu verweilen. Ein zweifacher Mörder hat dies ohne Zweifel auch nicht verdient. Ich möchte Dich zum Schluss noch wissen lassen, dass Du für mich immer die einzig wahre Liebe in meinem Leben gewesen bist.

Dein Dich immer liebender

Jack

Jack Foster blickt auf die Wanduhr gegenüber und lehnt sich in seinem Stuhl zurück. Sein Blick wandert zu der Schublade rechts neben ihm. Nachdenklich zieht er sie auf. Mit ernstem Blick schaut er auf seinen geladenen Colt, der dort immer schussbereit lagert. Langsam greift er nach der Waffe und legt ihren Lauf an seine rechte Schläfe. In dieser Haltung verweilt er einen kurzen Augenblick, dann drückt er ab.

*

Eine halbe Stunde später hält eine Kutsche vor dem Wohnhaus von Foster Hall. Inspektor Winterfield steigt zusammen mit seinen Londoner Kollegen und Miss Foster aus dem Gefährt. Im Inneren des Hauses vernimmt man deutlich Hundegebell. „Ich nehme an, dass das die beiden Beagles sind, die Ihren Mann immer bei der Jagd begleiten, Miss Foster."-„Ja, das stimmt, Mr. Wood. Die Hunde hängen sehr an Jack und umgekehrt ist es ebenso der Fall." Linda Foster öffnet die Eingangstür und tritt in den Flur. „Jack, kommst Du bitte einmal! Wir haben Besuch." Das Gebell wird daraufhin auffällig lauter. „Was ist denn mit den Hunden heute los? Das kommt mir irgendwie merkwürdig vor. Würden Sie bitte einen Moment hier warten, meine Herren. Vielleicht ist Jack in seinem Arbeitszimmer. Ich schaue einmal nach ihm."

„Natürlich, Miss Foster", sagt Wood und schaut dabei auf die Jagdstiefel, die rechts neben dem Hauseingang stehen. Der Inspektor überlegt einen Moment, schon macht er Anstalten sich vorzubeugen, um sich das Profil der Stiefel näher anzusehen, da ertönt ein lauter, hysterischer Schrei aus dem Inneren des Hauses.

Wood verharrt in seiner Bewegung und dreht sich blitzschnell zu Baker und Winterfield herum: „Schnell, kommen Sie!" Die Männer stürzen in den Flur des Hauses. Leslie Wood betritt als erster das Arbeitszimmer von Jack Foster. Seine Frau hält sich die Hand vor den Mund und kommt auf ihn zu gerannt. Linda Foster sucht Halt bei dem Inspektor, der die Frau am Arm nimmt und sie vorsichtig aus dem Zimmer geleitet. Im Flur steht Inspektor Winterfield mit besorgtem Gesicht. „Würden Sie sich bitte um Miss Foster kümmern, Mr. Winterfield."

Wood dreht sich zu Baker hin und die beiden gehen zügig in das Zimmer zurück. Dort entdecken sie Fosters Leichnam. Sein Kopf liegt mit dem Gesicht vornüber auf dem Schreibtisch, auf dem eine große Blutlache zu sehen ist. Wood bemerkt einen 45er Colt, der neben dem Tisch am Boden liegt. Der Inspektor betrachtet das Stück Schreibpapier, das zum Teil in der Blutlache liegt. Er nimmt es vorsichtig vom Tisch und liest konzentriert die Zeilen auf dem Schreibbogen, was sich aufgrund der Blutflecke als kein leichtes Unterfangen herausstellt.

Nach einer kurzen Weile gleitet Woods Blick von dem Abschiedsbrief zu seinem Kollegen hin: „Meine Vermutung wird hiermit bestätigt. Jack Foster war tatsächlich derjenige, der heute Vormittag Steve Garner auf dem Hochmoor ermordet hat."

Mit diesen Worten reicht er Baker den Brief hin und fügt hinzu: „Ich werde mich jetzt schleunigst um Miss Foster kümmern. Die ahnungslose Frau scheint einem Nervenzusammenbruch nahe zu sein. Ich würde auch dringend dazu raten, dass Inspektor

Winterfield unverzüglich Dr. Redgrave verständigt, damit dieser sich um sie kümmert. Neben seiner Funktion als Hausarzt ist er schließlich schon seit vielen Jahren mit dem Ehepaar befreundet. Ach, Baker!"

„Ja, Sir!"-„Würden Sie bitte das Haus und die Stallungen draußen nach der Tatwaffe durchsuchen und vergessen Sie die Jagdstiefel vor der Tür bitte nicht."-„Natürlich, Sir! Wird sofort erledigt."

Während Inspektor Winterfield sich eiligst auf den Weg macht, um Dr. Redgrave herbeizuholen, leistet Wood der mittlerweile zweiten Witwe in diesem Kriminalfall Gesellschaft. Linda Foster sitzt erstarrt auf einem Stuhl, als der Inspektor in das Wohnzimmer tritt und sich neben die unter Schock stehende Frau setzt.

Plötzlich schreckt die Frau auf. Sie streckt hastig die Arme nach vorne und krächzt: „Dort sitzt..." Mitten im Satz hält sie inne: „Äh, dort saß Jack immer." Leslie Wood schaut voller Mitgefühl in das Gesicht der sensiblen Frau. Angst und Schrecken leuchten aus ihren Augen. „Mein Mann soll wirklich ein Mörder sein? Nein, zu so etwas wäre er gar nicht fähig gewesen. Das kann und will ich einfach nicht glauben."

Behutsam legt Wood seine Hand auf den Unterarm von Miss Foster: „So schlimm es auch sein mag, es ist leider wahr, Miss Foster. Ich glaube, sehr wohl nachempfinden zu können, was momentan in Ihnen vorgeht. Es bricht gerade eine heile Welt für Sie zusammen. Verzweiflung und Enttäuschung befallen Ihre Seele."

Weiter kommt er nicht mehr, da Baker auf einmal mit zwei Jagdstiefeln neben ihm steht. „Ah, da haben wir ja unser Beweismittel. Dürfte ich kurz das Profil der Stiefel näher begutachten?"

„Sie stimmen mit den Fußabdrücken im Moor überein, Sir", verkündet Baker mit wichtiger Miene und schaut dabei Wood erwartungsvoll an.

„Und was ist mit der Tatwaffe?"-„Nichts zu finden, Sir. Ich habe alles durchsucht, soweit es mir in der kurzen Zeit möglich war."-„Zeigen Sie doch einmal her, Baker!" Wood zieht seine Lupe aus der Westentasche und begutachtet für eine Weile die Sohlen der beiden Stiefel. Auf einmal verharrt er mit seinem Vergrößerungsglas auf einer Stelle: „Jawohl! Eindeutig!"

„Was haben Sie denn entdeckt?"-„Blutspuren! Nur eine winzige Menge, aber sie sehen noch sehr frisch aus. Am Tatort konnte ich auch frisches Blut am Boden feststellen. Sie haben übrigens Recht, Baker. Das Profil ist identisch mit den Spuren am Tatort."

„Oh, Gott!" Die beiden Männer drehen sich hastig um und sehen gerade noch, wie Miss Foster sich von ihrem Stuhl erheben will, doch sie kippt seitlich zu Boden. „Schnell, Baker! Helfen Sie mir, sie hochzuheben!"

Nachdem sie die Frau wieder aufgerichtet haben, atmet Wood tief durch. „Ich kann nur hoffen, dass Mr. Winterfield Dr. Redgrave auch angetroffen hat und bald mit ihm zusammen hier auftauchen wird."

*

Es ist am späten Nachmittag, als Kate Garner mit bleichem Gesicht vor dem Gartentor ihrer Tante aus der Droschke steigt. Sie öffnet das Holztörchen und durchquert den kleinen Vorgarten des Hauses. Für einen Moment verweilt sie vor der Eingangstür, dann betätigt sie den Türklopfer, woraufhin ein schrilles Bellen aus dem Innern des Hauses ertönt.

Wenige Sekunden später öffnet sich die Tür und eine ältere, hagere Frau, die mit auffällig viel Goldschmuck behangen ist, kommt zum Vorschein. Als sie ihre Nichte erblickt, macht sich schlagartig Entsetzen in ihrem Gesicht breit.

„Was ist geschehen, mein Kind? Du siehst ja fürchterlich aus."-„Steve wurde ermordet!", antwortet Kate aufgeregt und bricht dabei in Tränen aus.

„Nein, das ist nicht wahr, Kate! Sag mir, dass das nicht wahr ist!" - „Es ist wahr! Glaub mir doch!" Die betagte Frau hält sich vor Schrecken am Türrahmen fest: „Oh, Jesus! Komm erst einmal herein und erzähl genau, wie alles passiert ist."

Die junge Frau folgt ihrer Tante in das Haus und lässt sich langsam auf deren Sofa nieder. Sie schließt die Augen, und versucht sich zu sammeln. „Möchtest du etwas trinken, Kate?", ertönt die Stimme von Miss Wellington auf einmal neben ihr. „Ja, gerne. Ein Glas Wasser wäre angenehm."

Kurz darauf sitzen sich Tante und Nichte schweigend gegenüber. Nach einer Weile beginnt Kate mit zitternden Händen zu erzählen: „Steve meinte heute Morgen zu mir, dass wir jetzt schnell handeln müssten. Er befürchtete, dass uns die beiden Polizeiinspektoren, insbesondere Mr. Wood, bald auf die Schliche kommen könnten. Steve war wirklich sehr aufgeregt. Beim Reisig sammeln vormittags im Moor stieß er auf Jack Foster, der gerade beim Jagen zu Gange war. Da er aus Sicherheitsgründen immer eine Pistole bei sich trägt, wollte er die günstige Gelegenheit nutzen, um Vergeltung zu üben, aber Foster konnte ihn überlisten und schoss Steve nieder. Danach zog er Steve, der anscheinend nur angeschossen war, in ein Moorloch und ließ ihn dort qualvoll untergehen."

Miss Wellington reißt die Augen auf und ringt nach Luft: „Oh, Gott! Warum widerfährt uns so ein Unglück? Jetzt musste auch noch mein geliebter Neffe sein Leben lassen. Wo soll das alles noch hinführen?"

Die Frau schaut mit ernstem und zugleich verzweifeltem Gesichtsausdruck zu ihrer Nichte hin: „Ich habe euch beiden von Anfang an prophezeit, dass uns dieser Drang nach Vergeltung nur in das Verderben führen würde."

Kate Garner schiebt ihren Oberkörper nach vorne und fügt hastig hinzu: „Inspektor Wood ist heute Mittag mit seinem Kollegen und Mr. Winterfield nach Foster Hall aufgebrochen. Er verdächtigt natürlich Foster, was nur allzu verständlich ist. Heute Abend will er mit uns über die neuen Ereignisse des Falls sprechen."

„Wir müssen uns den Fragen des Inspektors stellen. Es hat keinen Sinn jetzt zu fliehen. Wir würden wahrscheinlich nicht sehr weit kommen. Verstehst du das, Kate?" –„Ja, natürlich!", antwortet Kate und blickt dabei ängstlich in das Gesicht ihrer Tante.

„So lass uns hier auf die Herrn Inspektoren warten. Möchtest du vielleicht etwas Tee? Wenn du willst, kann ich dir auch etwas zu essen anbieten."-„Nein, danke. Ich kriege jetzt nichts hinunter, vielleicht später."

„Das kann ich verstehen. Du hast heute deinen Bruder verloren. Wenn wir noch länger an diesem gottverdammten Ort bleiben, wird uns Foster auch noch töten. Dann hat er die gesamte Familie ausgelöscht. Dieser Teufel! Aber vielleicht wird Mr. Wood ihn vorher stellen. Das traue ich ihm zu."

*

Dr. Redgrave kommt gefolgt von Inspektor Winterfield in den Hausflur von Foster Hall gestürzt: „Wo ist der Leichnam?"-„Im Arbeitszimmer, Sir. Baker öffnet die Tür und der Arzt tritt sichtlich aufgeregt in das Zimmer. Er geht zu Fosters Leiche, untersucht diese kurz, dann hebt er den Kopf: „Der Tod ist erst vor kurzem eingetreten. Es deutet alles auf einen Suizid hin. Wo ist Inspektor Wood? Ich würde ihn gerne einmal sprechen."

„Hier ist er, Doktor Redgrave", ertönt die Stimme Woods hinter dem Arzt. „Ich habe von Inspektor Winterfield auf dem Weg hierher erfahren, dass Jack Foster einen Abschiedsbrief hinterlassen haben soll, bevor er seinem Leben ein Ende gesetzt hat."

Wood reicht dem Arzt den Brief hin, der ihn daraufhin schnell überfliegt. „Nun, das erklärt alles. Einfach unfassbar! Ich bin völlig irritiert und fassungslos." Den Kopf schüttelnd reicht Redgrave das Schreiben an Wood zurück.

„Das kann ich sehr wohl nachvollziehen, Doktor Redgrave. Sie sind schließlich mit den Ehepaaren Foster und Kingston seit vielen Jahren befreundet. Ich gehe davon aus, dass Miss Garner und Lady Wellington ebenfalls in den Fall verwickelt sind."

„Sie haben für heute Abend alle verdächtigen Personen in das Haus von Lady Wellington bestellt, wo die Details zur Lösung des Falls an das Tageslicht gebracht werden sollen. Ist das richtig, Mr. Wood?"

„Ja, das ist vollkommen richtig."-„Haben Sie keine Bedenken, dass die Täter vorher das Weite suchen werden, Sir?"-„Nein, das glaube ich nicht, denn sie würden nicht weit kommen. Inspektor Winterfield hat auf meinen Hinweis schon Vorkehrungen getroffen, dass die verdächtigen Personen observiert werden. So dumm sind wir nun auch wieder nicht."

Doktor Redgrave dreht sich noch einmal zu dem Leichnam herum: „Jetzt hat der Teufel den zweiten Übeltäter zu sich geholt. Ich kann es immer noch nicht fassen. Wer hätte so etwas gedacht? Jack hatte ein großes Ansehen hier in Dartmoor. Jetzt tut mir vor allem seine liebe Frau Linda Leid. Sie ist ein wunderbarer und sensibler Mensch. Hat sie das verdient? Ob sie damit fertig wird ist sehr fraglich. Es ist eine Schande. Nun, da ihrer besten Freundin das gleiche Schicksal widerfahren ist, wird dies die Bindung der beiden Frauen zueinander wahrscheinlich noch mehr stärken."

Leslie Wood legt langsam die Hand auf die Schulter des Landarztes: „Bevor ich und mein Kollege Baker den Fall abschließen und morgen Abend nach London zurückkehren werden, möchte ich Sie gerne bitten, morgen Nachmittag noch einmal in Kingston Hall zu erscheinen. Wir würden uns gerne in einem abschließenden Gespräch von Miss Kingston verabschieden und ihr dabei alle Ergebnisse unserer Untersuchungen persönlich mitteilen. Da Sie mit dem Ehepaar Kingston schon seit mehreren Jahren privat befreundet sind..."-„Ich weiß sehr wohl, worauf Sie hinauswollen, Mr. Wood", unterbricht der Arzt den Inspektor. „Mary bedarf jetzt in nächster Zeit unbedingt seelischer Fürsorge. Da sie und George von der Institution Kirche noch nie viel gehalten haben und somit ein Pfarrer die seelische Betreuung nicht übernehmen wird, werde ich als guter Freund versuchen, diese Aufgabe zu übernehmen, obwohl ich eigentlich mehr für das körperliche Wohl meiner Patienten verantwortlich bin."

„Gut, dann werden wir uns jetzt unverzüglich nach Buckfastleigh aufmachen. Bis morgen Nachmittag dann, Dr. Redgrave."-„Ich werde vor Ort sein. Sie können sich darauf verlassen, Mr. Wood."

*

Kate Garner eilt hastig zum Fenster, als sie das plötzlich verstummende Pferdegetrappel vor dem Haus wahrnimmt. „Sind sie das, Kate?", erklingt die unangenehm krächzende Stimme ihrer Tante aus dem Hintergrund. „Ja, sie sind es!"

Wenige Minuten später sitzen die drei Inspektoren zusammen mit Miss Wellington und Kate Garner in der kleinen Wohnstube der alten Lady. Leslie Wood beginnt das Gespräch mit seinem charakteristischen Lächeln im Gesicht: „Hübsch hier bei Ihnen, Miss Wellington. Eine Mischung aus viktorianischem Kolonialstil und bunten Baumwollstoffen, ziemlich ungewöhnlich für ein Haus im Südwesten von England. Was meinen Sie dazu, Baker?" Woods Kollege schaut etwas ratlos zu dem Inspektor hin, als hätte ihn die Frage überrascht. „Oh, in der Tat! Das sehe ich auch so."

„Was wollen Sie damit sagen, Mr. Wood?", fragt Miss Wellington mit lauerndem Unterton und beobachtet dabei Wood mit messerscharfem Blick.

Sichtlich erfreut darüber, dass die Frau auf seine Provokation sofort eingeht, antwortet er mit ebenso scharfem Ton zurück, wobei sein Lächeln für den Bruchteil einer Sekunde aus seinem Gesicht zu verschwinden scheint: „Ich möchte damit nur sagen, dass dieser Wohnstil und das Südstaatengericht, das ich bei meinem ersten Besuch auf Ihrem Tisch vorgefunden habe, sehr untypisch für eine ältere Person ist, die aus dem Nordosten der Vereinigten Staaten stammen soll."

„Sie sind nicht die erste Person, der das auffällt, Inspektor Wood. Meine Eltern stammen aus dem Süden der Staaten. Ich habe den Wohnstil und einige kulinarische Gewohnheiten von ihnen übernommen."

„Dass Ihre Eltern aus dem Süden der Vereinigten Staaten stammen, nehme ich Ihnen gerne ab, Miss Wellington."-„Wie kommen Sie darauf, wenn ich fragen darf?" Wood entgeht der erstaunte Gesichtsausdruck der älteren Dame nicht.

„Weil Ihr leichter Südstaatenakzent für mich unüberhörbar ist. Das gilt übrigens auch für Sie und Ihren ermordeten Mann, Miss Garner", bei diesen Worten wandert Woods Blick zu der Nichte von Miss Wellington. „Ich will es einfach nicht glauben, dass Sie beiden aus Massachusetts stammen und dort aufgewachsen sind."

Kaum hat Wood seinen Satz beendet, tritt eine peinliche Stille im Raum ein. Er lässt seinen Blick über die Gesichter der Angesprochenen schweifen und glaubt Unsicherheit sowie Angst auf ihnen erkennen zu können, dann wendet er sich wieder Miss Wellington zu: „Ihr Neffe hat uns erzählt, dass seine Eltern vor langer Zeit bei einem tragischen Unfall mit ihrer Kutsche um das Leben gekommen sind."

Kate Garner steht auf einmal auf und geht zum Fenster der Wohnstube. Leslie Wood glaubt, ein Schluchzen zu vernehmen. „Was ist los? Hätte ich das lieber nicht erwähnen sollen?" Der Inspektor schaut fragend um sich. Und erneut herrscht für einen Moment ein geradezu unerträgliches Schweigen unter den Anwesenden.

Schließlich beendet Miss Wellington die Stille mit zögerlicher Stimme: „ Meine Schwester und ihr Mann leben schon lange nicht mehr, aber..."-„Aber?", hakt Wood schnell nach und macht Anstalten, als ob er jeden Moment von seinem Stuhl aufspringen würde, um zu verkünden, dass der Fall nun endgültig gelöst sei.

In diesem Moment ertönt die aufgeregte Stimme von Kate Garner durch den Raum: „Sag es ihnen doch! Los! Es hat sowieso keinen Zweck mehr, etwas zu verheimlichen."

Die drei Inspektoren schauen, durch diese Worte alarmiert, erwartungsvoll und mit aufforderndem Blick zu Miss Wellington hin. „Sie wurden ermordet!" Robert Baker schaut fassungslos in die Runde. Winterfield fasst sich als Erster wieder: „Von wem?"

„Sie wurden während des Bürgerkrieges beim Einzug der Nordstaatenarmee in Missouri von den beiden Offizieren George Kingston und Jack Foster ermordet. Möchten Sie weitererzählen Miss Wellington oder soll Ihre Nichte diese Aufgabe übernehmen?", beantwortet Wood für alle überraschend die Frage.

Die alte Frau schaut den Tränen nahe unter sich. Da rennt Kate Garner plötzlich heulend aus dem Zimmer, woraufhin Inspektor Baker ihr vorsichtig folgt, um sicher zu gehen, dass sie nicht das Haus verlässt.

„Nun, wie geht die Geschichte weiter?" Die Frau blickt auf und fährt fort: „Mein Schwager wollte nicht zu den Yankees überlaufen und als die Soldaten aus Zorn seine Farm niederbrennen wollten, rannte er in Richtung des Wohnhauses, um sein Gewehr zu holen. George Klinton schoss ihm dabei feige in den Rücken. Jack Foster erstach meine Schwester mit seinem Bajonett, während sie versuchte, ihm sein Gewehr zu entreißen. Die beiden Kinder konnten sich gerade noch rechtzeitig hinten der Scheune verstecken und verschwanden eiligst durch den angrenzenden Wald in Richtung der Nachbarsfarm, die ich und mein ebenfalls verstorbener Mann damals bewirtschafteten. Wir nahmen die beiden Waisen bei uns auf."

Von den Schilderungen der Frau sichtlich beeindruckt, räuspert sich Inspektor Winterfield und Baker schaut für einen Moment mit ernstem Blick aus dem Fenster hinaus. „Sie sprachen von zwei Kindern. Wo ist das das andere Kind, genauer gesagt Ihre Nichte, denn geblieben?", fragt Baker auf einmal und dreht seinen Kopf wieder in Richtung Miss Wellington.

„Ganz einfach, Baker. Kate Garner ist nicht die Ehefrau ihres Neffen, sondern seine Schwester. Die beiden Geschwister hatten sich die Gesichter der zwei Offiziere genau eingeprägt und haben dann Jahre später die Spur zu den Mördern ihrer Eltern durch akribische Nachforschungen, anscheinend mit Hilfe militärischer Sachliteratur sowie diversen Zeitungsartikeln in den Militärarchiven und Staatsbibliotheken, zurückverfolgt.

Durch Gespräche mit dem einen oder anderen Veteran aus dem Bürgerkrieg, bekamen sie schließlich heraus, dass Kingston und Foster aus Boston stammten, jedoch vor geraumer Zeit nach Dartmoor in Südengland gezogen waren. Sie ließen sich also in Boston nieder und beschlossen, mit ihrer Tante zusammen nach England überzusiedeln. Mit dem Erlös der beiden Farmen kaufte man sich ein kleines Haus am Rande von Buckfastleigh und ließ sich in Dartmoor nieder. Bald hörte man davon, dass in Kingston Hall eine neue Haushaltshilfe gesucht wird. Kate Garner bewarb sich, und schien in einem Bewerbungsgespräch offensichtlich einen guten Eindruck hinterlassen zu haben. Sie bekam die Stelle. Im Laufe der Zeit schleuste sie dann noch ihren Bruder Steve in Kingston Hall ein, indem sie ihm dort eine Stelle als Butler vermittelte. Jetzt waren beide Geschwister in den Haushalt des Ehepaares eingebunden und konnten in aller Ruhe die Vergeltung an den beiden Offizieren planen. Falls ich falsch liegen sollte, können Sie mich jederzeit korrigieren, Miss Wellington."-„Bisher liegen Sie völlig richtig, Sir. Fahren Sie ruhig fort, Mr. Wood."

„Nun, den Rest der Geschichte kennen wir ja schon. Die Geschwister besorgten sich ein tödliches Gift und mischten es an einem Morgen, an dem George Kingston alleine frühstückte, unter sein Essen. War es so, Miss Wellington?"

„Ja, Sir! Sie haben alles richtig geschildert. Ich möchte allerdings zur Entlastung meiner Nichte noch hinzufügen, dass mein Neffe Steve das Gift besorgte und es heimlich in den Tee des Opfers träufelte."

„Der Mord an George Kingston wurde auf englischem Boden begangen, demzufolge werden Sie sich dem Prozess vor einem englischen Gericht stellen müssen. Da Miss Kate Garner Zeugin des Mordes an ihren Eltern war und sie nur der Mithilfe des Mordes an George Kingston beschuldigt werden kann, den Mord ausgeführt hat, der Aussage von Miss Wellington folgend, schließlich ihr Bruder Steve Garner, wird das Strafmaß wahrscheinlich gering ausfallen. Hätte der Mord auf amerikanischem Boden stattgefunden, wäre das Strafmaß vermutlich etwas härter ausgefallen. Es wurde schließlich geplant, zwei hochkarätige Offiziere der Armee zu ermorden. Nun, Inspektor Wellington wird Sie beiden bis zu dem bevorstehenden Gerichtsverfahren in Gewahrsam nehmen müssen. Übrigens konnte Miss Foster aufgrund des Selbstmordes ihres Mannes heute Abend leider nicht an diesem Verhör teilnehmen, da sie einen Nervenzusammenbruch erlitten hat und momentan von Dr. Redgrave betreut wird."

Wood unterbricht für einen Augenblick seine Rede und scheint einem Gedanken nachzugehen, dann fährt er fort: „Wer von Ihnen hatte eigentlich die Idee mit dem Brandmal, dass dem Opfer nach dem Mord auf die Stirn eingebrannt wurde?"

„Es war mein Neffe, Sir. Er hatte verständlicherweise, nachdem er mit ansehen musste, wie seine Eltern von zwei Offizieren der Nordstaatenarmee ermordet wurden, einen Hass gegen die Armee der Grauröcke entwickelt."

„Und da er handwerklich begabt war, also somit mit Werkzeug umzugehen wusste, stellte er sich für diesen Zweck ein Brandeisen für den Buchstaben Ypsilon her."

„Korrekt, Sir."-„Und dieser Buchstabe steht vermutlich für den Anfangsbuchstaben des Wortes Yankee. Gehe ich da richtig der Annahme?"-„Ja, Mr. Wood. Das sollte eine indirekte Botschaft an den Mittäter Jack Foster sein, der diese bestimmt auch verstanden hat."

„Das nehme ich auch an. Er konnte sich zumindest ab diesem Zeitpunkt nicht mehr sicher fühlen. Dass er seine Befürchtungen niemandem mitteilen konnte, da die einzige Person, die dafür in Frage gekommen wäre und mit ihm die ganzen Jahre über ihr Geheimnis bewahrt hatte, nun nicht mehr lebte, belastete ihn nun fortwährend. Das Gefühl, als nächster an der Reihe zu sein, und den unsichtbaren Gegner nicht ausfindig machen zu können, muss in der Tat quälend für Foster gewesen sein."

„Das hoffe ich doch sehr, Inspektor. Genau das wollten wir doch letztendlich damit bewirken." Wood atmet langsam tief durch. „Ich habe jetzt keine weiteren Fragen mehr zu dem Fall. Haben die anderen Anwesenden vielleicht noch irgendein Anliegen? Wenn ja, wäre es jetzt der richtige Zeitpunkt, es vorzutragen."

Der Inspektor schaut kurz in die Runde – er bemerkt erschöpfte und nachdenkliche Mienen um ihn herum.

„Gut, dann möchte ich mich jetzt von Ihnen verabschieden, Miss Wellington. Eigentlich wollte ich die Angelegenheit persönlich übernehmen, aber der nächste schwierige Kriminalfall hat sich in unserer Abwesenheit bestimmt schon längst in London zugetragen, und wir werden dort dringendst gebraucht. Inspektor Winterfield wird daher ab sofort den Fall wieder übernehmen und in Kürze Miss Kingston sowie Miss Foster über die Ergebnisse meiner Untersuchungen unterrichten. Auf Wiedersehen! Grüßen Sie bitte Ihre Nichte von mir. Sie hat mein aufrichtiges Mitgefühl."

Wood dreht sich noch einmal kurz zu Inspektor Winterfield herum, der daraufhin auf ihn zugeht und ihm mit einem Funkeln in den Augen die Hand hinreicht. „Vielen Dank für Ihre grandiose Mitarbeit, Mr. Wood! Ohne Ihre Hilfe hätten wir den Fall nun wirklich nicht lösen können. Falls wir noch einmal in eine solche Situation gelangen sollten, würde ich mich sehr freuen, Ihre Hilfe erneut in Anspruch nehmen zu dürfen."

„Kein Problem, Mr. Winterfield. Wir stehen Ihnen jederzeit zur Verfügung. Dieser Fall war zugegebener Maßen äußerst außergewöhnlich, doch das spornt meinen Ehrgeiz bekanntlich besonders an. Auf Wiedersehen, Mr. Winterfield! Meine Herren! Es war mir eine Ehre."

*

„It's raining cats and dogs!", ruft Robert Baker seinem Kollegen zu, der mit ihm auf dem Bahnsteig entlang geht, dabei zieht er sich hastig seinen Mantelkragen hoch und zeigt eine Miene, als ob er unter starken Schmerzen leiden würde.

„Ja, Baker. Jetzt zeigt sich Dartmoor einmal von seiner ungemütlichen Seite. Bald dürfen Sie wieder die Londoner Großstadtluft genießen. Atmen Sie also noch einmal tief durch, bevor Sie in den Zug steigen."

„Die gesunde Landluft werde ich bestimmt vermissen. Ich bin natürlich andererseits auch sehr froh, wieder in das kulturelle Stadtleben Londons eintauchen zu dürfen. Es war trotzdem eine willkommene Abwechslung, einmal einem interessanten Kriminalfall weit ab von London nachgehen zu können. Das hatten Sie mir ja schon vor unserer Reise hier hinaus in das Hochmoor prophezeit."

Wenig später sitzen die beiden Inspektoren in ihrem Zugabteil und Wood schaut durch das Fenster in den Regen hinaus auf den Bahnsteig.

„Was uns dieser Kriminalfall sehr wohl gelehrt hat ist die Erkenntnis, dass man anscheinend an keinem Ort dieser Welt wirklich sicher zu sein scheint."

„Die Vergangenheit holt jeden irgendwann einmal ein. So war es schließlich auch bei George Kingston und Jack Foster. Leider musste ein weiteres Mitglied der Familie Garner, bei dem Versuch Vergeltung an Jack Foster zu üben, sein Leben lassen."

„Da haben Sie durchaus Recht, Baker. Das ist eine wirklich tragische Geschichte. Letztendlich haben die beiden Offiziere es geschafft, drei Viertel der Familie auszulöschen. Ich bin ehrlich gesagt auch sehr beeindruckt von dem Willen und der Energie, welche die beiden Kinder aufgebracht haben, um die für sie unumgängliche Vergeltung an den Mördern ihrer Eltern ausüben zu können."

Wood schweigt für einen Moment und denkt kurz nach, dann unterbricht Robert Baker seine Gedanken: „Was für einen großen Schmerz muss ein Mensch erfahren haben, dass er so diszipliniert sein Ziel verfolgt?"

„Es ist der unendlich große Hass, der ihn dazu führt. Betrachten Sie die Kriminalfälle der letzten Jahrzehnte etwas genauer und Sie werden staunen, was für eine Phantasie und Ausdauer manche Menschen entwickeln können, um Vergeltung zu planen und durchzuführen."

„Auf die Idee mit dem Brandmal wäre ich zum Beispiel niemals gekommen", ergänzt Baker die Worte Woods.

„Ich muss zugeben, dass auch ich nicht darauf gekommen wäre. Welch ein genialer Einfall. Soviel ich weiß, kam so etwas in der Kriminalgeschichte Englands noch nie vor."

„Wie wird wohl der nächste Fall aussehen, den wir beide zu lösen haben, Wood?"-„Ich kann es Ihnen genau sagen, wenn Sie es wissen wollen."

Baker schaut erstaunt zu Wood hinüber, der sein typisches Lächeln aufgelegt hat. „Ja, gerne. Ich bin sehr gespannt."-„Einen Termin zu finden, um endlich einmal die Schachpartie, die wir vor Monaten angefangen haben, zu beenden."

Robert Baker reißt völlig überrascht die Augen auf, dann bricht er in schallendes Gelächter aus. „Ich liebe Ihren Humor, auch wenn ich immer wieder auf ihn hereinfalle, einfach köstlich."

„Es geschehen jeden Tag so viele Verbrechen auf dieser Welt. Ich glaube nicht, dass wir in nächster Zeit arbeitslos werden."-„Wenn Sie das sagen, wird es schon stimmen. Davon bin ich überzeugt."

Wood wird durch die Pfeife des Schaffners unterbrochen und kurz darauf setzt sich der Zug in Bewegung. „Dann auf in das nächste spannende Abenteuer, Baker!"

***

****

Ebenfalls im BoD-Verlag erschienen:

Buchtitel: Tödlicher Hass

Autor: Alexander Schäfer

Erscheinungsjahr: 2017

Das Buch

Die Erzählung schildert die Gräueltaten des Arztes Edward Norton. Als zweiter Sohn eines angesehenen Rechtsanwaltes wächst er in einer großbürgerlichen Familie im Westend von London auf. Von seinem Vater geliebt und von der strengen, kaltherzigen Mutter gequält und missachtet, erlebt er eine Kindheit, die durch starke seelische Belastungen geprägt ist. Er studiert Medizin und wird praktizierender Arzt in London. Norton genießt bei seinen Patienten den Ruf eines sehr einfühlsamen Arztes. Diese Anerkennung scheint die einzige Antriebsfeder in seinem Leben zu sein, ansonsten lebt er sehr zurückgezogen. Durch sein gestörtes Verhältnis zum anderen Geschlecht, das er der brutalen Erziehung seiner grausamen Mutter zu verdanken hat, fällt es ihm äußerst schwer, eine Beziehung einzugehen. Über viele Jahre hinweg lebt Edward Norton ein privates Einsiedlerleben, doch dann wird London durch eine Serie von mysteriösen Frauenmorden erschüttert. Die Inspektoren Leslie Wood und Robert Baker vom Scotland Yard ermitteln in ihrem ersten gemeinsamen Fall.

****